正岡子規

●人と作品●

福田清人
前田登美

Century Books

清水書院

原文引用の際，漢字については，
できるだけ当用漢字を使用した。

明治33年12月24日撮影； 最後の写真となる

子 規 の 横 顔

序

青春の日に、伝記を読むことは、その精神の豊かな形成に大いに役立つことである。

それは史上、いろいろな業績を残した人物の伝記すべてについていえることであるが苦難をのりこえて、美や真実を求めて真剣に生きた文学者の伝記は、ことに感動をよびおこすものがあり、その作品の理解のためにも、どうしても知っておきたいことである。

たまたま私は清水書院より、近代作家の伝記及びその作品を解説する「人と作品」叢書の編纂についての相談を受けたのであった。それは読者対象を主として若い世代におき、執筆者は既成の研究者より、むしろ私が講義を受け持っていた立教大学の大学院を中心とした新進の研究者に依頼して、その新鮮で弾力ある文章を期待するということであった。

私も編者として各巻に名前をつらねることになった責任もあって、その原稿には丹念に眼を通した。

その一巻がこの「正岡子規」である。子規は、大学生時代、幸田露伴に傾倒し、まず小説家を志して、その処女作を露伴に示したが、好評をうるにいたらなかった。そこで短詩型文学に志をかえて、まず俳句を革新し、つづいて短歌に新しい生命を与え、晩年には文章革新にまで手をのばした。しかもそれが、多く高熱と苦痛の病床においてであって、三十六年の生涯を、超人的な意志の力で充実させたのであった。そして、その俳句の門からは高浜虚子、河東碧梧桐に代表されるすぐれた人が出、また短歌の門からは長塚節、伊藤左千夫に代表される多くの門下生が出て、近代短詩型文学の父祖となった。また子規を中心として創刊された「ホトトギス」の近代文学史上における功績は絶大である。

こうした子規であるから、その評伝の類も少くない。しかしその多くは、俳人か、歌人の手によってなされており、そこに自ら、子規の全貌についての投射面に濃淡が生じている。

この本の筆者前田登美君は、昭和女子大学で自然主義文学を専攻し、卒業後いったん郷里富山に帰ったものの、研究への志は絶ちがたく、一年熟考の末、立教大学の大学院に入学してきた。女性に珍しいといわねばならない。たまたま私が、大学院でホトトギス派の写生文を講じていた年度で、この流派に深く興味を抱くようになって、「高浜虚子」を修士論文として提出したがそれは一千枚に及ぶ力作であり、その一部は俳句雑誌に連載している。その後、さらに博士課程でホトトギス派の研究をつづけているが、ここに「正岡子規」をまとめてもらった。

この本は、筆者の立場から俳句や短歌に偏せず、よく、その三十六年の生涯を第一編にまとめ、さらに、第二編においては、その代表的の俳句や短歌を選び出して、親切に鑑賞している。その点、広く子規入門に手頃な本といえよう。

福田清人

目次

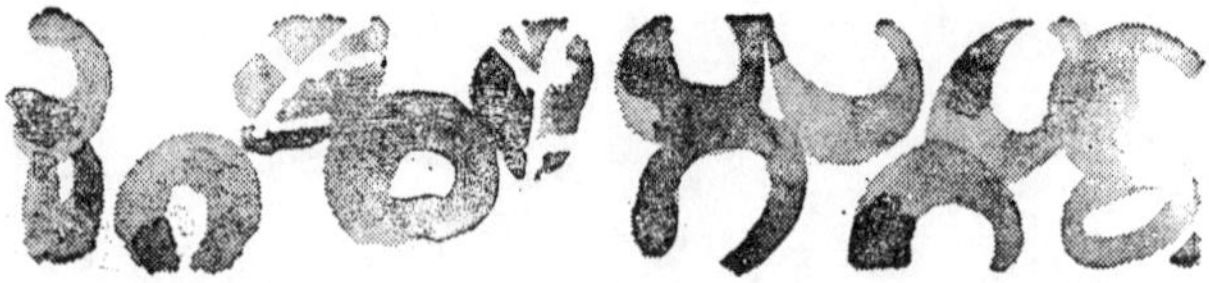

第一編　正岡子規の生涯

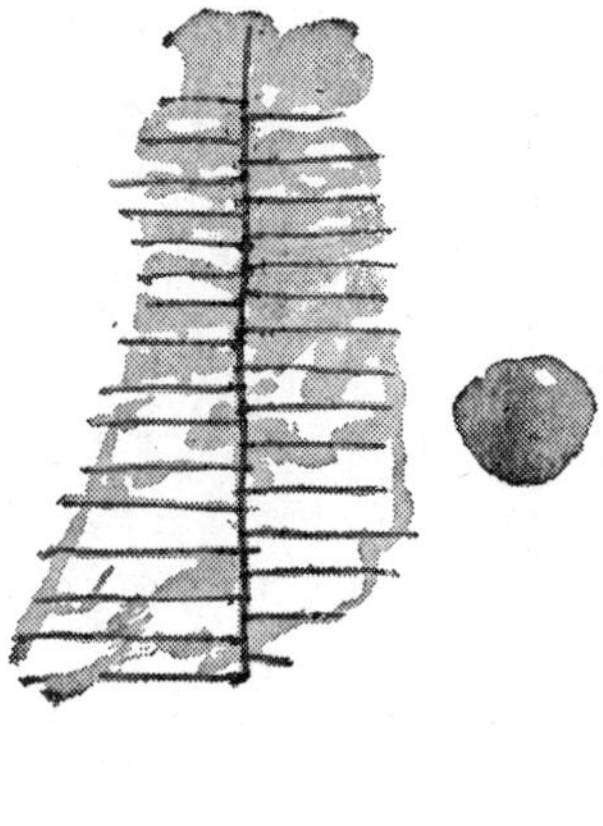

不屈の一生

いくたびも雪の深さを尋ねけり

病中のさびしい心境がにじみでている句である。不治の病ではあるが、まだ病と闘う気力はある。諦《あきら》めるには早い。その気力が起き上がって外の雪景色をみることのできないもどかしさと悲しみに連なる。病床に横たわりながら家族の会話を聴《き》いていると、雪は想像以上に積もっているらしい。何度も何度も積雪の深さを尋ねてみる。そしてそのたびに深く降り積もった雪のさまを心に思い描いてみる。

若松の芽だちの緑長き日を夕かたまけて熱いでにけり

松の芽だちが伸びはじめる暮春の季節は、病人をなぜかいらいらさせる。日脚《あし》はだいぶ長くなった。日ごとに暖かさも加わってくる。そうした一日がようやく終わろうとする夕ぐれ、きまりきったように熱がでてくる。前句の場合よりいっそう病状が悪化している。全快の見込みはほとんどない。そういう病める者のやりばのない春の心情が淡々と描かれた、味わい深い短歌である。

ここに挙《あ》げた二つの作品は、やるせない焦燥とうらさびしい病人の境涯を詠《よ》んだものである。用いられていることばがあまりに平明、淡泊なので、なにげなく読んだだけでは見落としそうな感じがするが、俳句にはいまだ健在だった少年時代への郷愁が、短歌には死に近い病人が置かれている厳粛《しゅく》な位置を、つきはなすように客観視した「非人情」が漂っている。

どちらも華麗な浪漫的な歌より、よほど作者の感慨を深く秘めていて、読者の胸を打つ。

しみじみとしたこのような俳句や短歌を詠んだ正岡子規《しき》とは、いったいどんな人であろう。

子規は短詩型文学にかくべつその豊かな感受性と才能を発揮した、近代文学史の中でもまれにみる傑物である。二十二歳の青春時代に早くも喀血《かっけつ》し、その文学活動はほとんど激痛の絶えない病床にあって為された。妻帯することももちろんなかった。そして、わずか三十五歳の若さで、みずから自分の名前を不朽なものとし、永遠に旅立っていった孤独な文学者である。

「斯《こ》うやつてゐると小さい一本の筆が重くなる。筆が重くなるといふよりも腕が重くなるのである。さういふ時には投げるやうに畳の上に其筆を持つた右の手を落す。と同時に又草稿を持つた左の手をも蒲団の上に落す。

草稿といふのは新聞の文苑に出す俳句の投書である。少し怠つてゐると、来るに従つて投げ込んで置く一つの投書函が忽《たちま》ち一杯になる其《そ》れが一杯になると、恰《あたか》も桶にたまつた一杯の水が添水《そうづ》を動かすやうに、此病主人を動かして其選抜に取りかゝらしめるのである。」

これは子規がいちばんかわいがった、そして子規の文学をもっともよく受け継いだ俳句界の巨匠、高浜虚子の小説『柿二つ』の冒頭文である。

たくさんの読者から送られて来る投稿にたんねんに眼を通し、それらの中からすぐれた俳句を選びだしている病床の子規の様子が、ありありと眼に見えるように描かれている。短い一生の間、学問と病気を相手に悪戦苦闘していた子規の日常生活を、これほど簡潔に、これほどみごとに描いた文章はほかにみあたらない。野心家であり、また努力家であった子規の一生をきわめて印象的にものがたる名文である。

やさしい少年時代

故郷松山

正岡子規は、慶応三年（一八六七）九月十七日、伊予松山藩の武士の子として生まれた。幼名は処《ところ》之助といったが、処《ところ》さんは、音が「ところてん」に似ているので、友だちから「ところてん」と悪口をいわれるのもかわいそうだからと、四、五歳のころ、升と改名された。「升」は「のぼる」とよみ、それからはのぼさんと呼ぶようになった。

子規が生まれた伊予松山藩は、今の愛媛県松山地方である。松山といえば、読者諸君はただちに夏目漱石の、あのユーモアと正義感のあふれた『坊っちゃん』を思い出すにちがいない。赤シャツと野だいこがゆうゆうと釣をしながら、マドンナの話に花を咲かせた南国の海、大きな西洋手ぬぐいをぶらさげて坊っちゃんが出かけていった温泉、そんなことを思い出してみるだけでも、松山という土地が、どんなにの

松山市街

どかで明るい風情《ふぜい》のある町かおわかりになると思う。

松山市は今では人口二十七万を越える四国最大の都市に発展したが、子規が生まれたころは、久松氏十五万石の小さな城下町にすぎなかった。その城下から六キロほど離れた三津浜《みつがはま》は、江戸時代に大名や武士が都へのぼるために乗船する地として開けた、たいして大きくはない漁港である。

「ぶうと云つて汽船がとまると艀《はしけ》が岸を離れて、漕《こ》ぎ寄せて来た。船頭は真つ裸に赤ふんどしをしめてゐる。野蛮な所だ。尤《もつと》も此熱《あつ》さでは着物はきられまい。日が強いので水がやに光る。見詰めて居ても眼がくらむ。事務員に聞いて見るとおれは此所《ここ》へ降りるのださうだ。見る所では大森位な漁村だ。人を馬鹿にしてゐらあ、こんな所に我慢が出来るものかと思つたが仕方がない。威勢よく一番に飛び込んだ。続《つ》づいて五六人は乗つたらう。外に大きな箱を四つ許《ばか》り積み込んで赤ふんは岸へ漕ぎ戻して来た」

坊っちゃんが港についたときの様子である。作品中には、三津浜の名は出てこないが、漱石が三津浜港についたときの印象であることは言をまたない。明治二十八年のことである。

この三津浜港に立って沖をながめると、晴れた日には興居島《ごご》の小富士が美しく、くっきりと見える。内海の波はおだやかで、きらきらと鏡のように輝き、艀《はしけ》や小さな漁船を浮かべている。

「世に故郷程こひしきはあらじ。花にも月にも喜びにも悲みにも先づ思ひ出でらるゝは故郷なり。故郷は学問を窮《きわ》め見聞を広くするの地にあらず、されども故郷には帰りたし。故郷は事業を起し富貴を得るの地にあらず、されども故郷には住みたし。……我は親はらからとも今は故郷にはあらねど、猶《なほ》故郷こそ恋しけれ。……母親の乳房と故郷の土とははなれうきものなめり。」

これは子規が、「養痾《ようあ》雑記」の中で、故郷松山について書いた文章の一部である。先祖代々の土地であり、幼少の頃から自分をはぐくんでくれた故郷への愛情が、すなおに語られている。

「故郷近くなれば城の天守閣こそ先づ目をよろこばす種なれ。」

という一節も、その中にある。松山には現在、重要文化財に指定されている、三層四重、地下一層という大きな松山城がある。子規が「目をよろこばす種」といったのは、その松山城の三層の天守閣のことである。

高さはおよそ一七〇メートルで、この城は町の中央部の城山という標高一三三メートルの山の上に建っているので、三津浜から松山へむかってくると、まず最初に目にはいる。それはあたかも松山の象徴のようにそびえている。のちに東京で暮らすようになった子規は帰郷のたびに、この天守閣をしみじみとながめた。

松山城

松山城は、慶長五年（一六〇〇）の関ガ原の戦いで戦功をおさめた加藤嘉明《よしあきら》が、七万石から、いっきに二十万石に増封されたのを幸いに、松前《まさき》城を松山に移してできた城である。
この天守閣から眺める展望は、松山市を一望できるばかりでなく、伊予平野や高縄半島の山脈や瀬戸内海などもはるかに望むことができる、すばらしいながめである。今ではロープウェイができ、二本のテレビ塔が作られ、城山は子規が育ったころとはだいぶ変わってしまったが、そのころはもの静かな雰囲気が漂っていた。

餅をつく音やお城の山かつら　子規
城山に鶯来鳴く士族町　虚子
城内に蝶の飛び交ふ日和哉　鳴雪

などの俳句にも、のどかで静かなさまがうかがわれる。

戦災をうけたので、松山の市街もかなり昔の面影を失ったが、以前は松山城を中心として、周囲に城下町が広がっていた。その城下町の東部には、歴史の古い名湯で知られた道後温泉がある。また、伊予絣《いよがすり》とも松山絣ともいわれる織物や、竹細工、焼物などがこの地の産物である。

一年中、温暖な気候にめぐまれた南国松山では、昔から学問や文芸が盛んであった。寒い北国のように、生活にそれほどきびしさを感じなくてもよい、のどかで住みやすい土地柄のせいかもしれない。

ことに近代文学では、正岡子規のほか高浜虚子《きよし》、河東碧梧桐《かわひがしへきごどう》、内藤鳴雪《ないとうめいせつ》、五百木飄亭《いほぎひょうてい》、寒川鼠骨《さむかわそこつ》など、多くの俳人を輩出した「俳句の町」として名高い。現在、俳壇で活躍中の中村草田男、石田波郷も松山の出身である。

子規誕生の年は慶応三年だが、慶応三年といえば、二百数十年続いた徳川時代最後の年である。天保改革（一八四一—一八四三）のころから、めだって台頭してきた新しい資本主義経済は、幕末になると完全に封建経済を圧倒するようになった。それと同時に、長らく続いた幕藩体制そのものを根底からゆさぶり、明治維新の大変革を招来した。

子規が生まれたのは、ちょうど日本がそういう封建社会から近代社会に脱皮せんとする、過渡的《かとてき》な、たいせつな時期である。慶応三年には明治天皇即位、大政奉還、王政復古などの大事件があった。十五万石の小さな松山藩にも新時代の息吹《いぶき》が寄せはじめていた。子規と同年に生まれた文学者には、尾崎紅葉、幸田露伴、夏目漱石などがいる。

家　系

子規の父は常尚、通称隼太《はやた》という。長男の子規が生まれたときは三十四歳、松山藩の御馬廻り加番をつとめていた。録高は五十俵あまりである。父は、もとは佐伯政景という人の二男に生まれたのが、のちに正岡家の養子となり、家を相続したのである。父は武士であったが、武道にも文学にも秀ではおらず、武士仲間や近所の人々からは、「正直で良い人」と噂されていた。しかし、実際に家庭の中にあっては、「正直で良い人」というより、たいへん傲慢《ごうまん》な性格が強く、家人を困らせることも少なくなかったようである。

「父は武術にもたけたまはず、さりとて学問とてもしたまはざりし如く見ゆ。……父は高慢にして強情に、しかも意地わるきかたなりしと」

と、子規は「筆まかせ」で父の印象を記している。父の強情な性格は、欠点として子規に伝わっている。

また、父はひじょうに大酒飲みであった。毎日毎日一升の酒を飲み、それが原因で三十九歳という、当時としても比較的短命でこの世を去った。いわば父親でありながら、息子の子規に影響を与えるものは何もない、平凡な一武士にすぎなかった。

父の養父、すなわち子規の祖父は名を常武といった。ところがこの祖父については、まったくあきらかでない。記録したものは何も残されていないのである。おそらく父の隼太とさほど変わらない、一介の武士であったのだろう。録高も隼太と同じくらいか、それ以下だったと想像される。同じ子規の「筆まかせ」には、この祖父について、

「――棒をつかひ、くさり鎌をつかふことを教へたまひしと。又酒を好んで飲みたまひしとか聞きぬ。」

と、記されているだけである。

祖父の先代は一甫といい、藩の茶坊主役をつとめていた。この人は風流人で、正月の挨拶には一枝の寒梅を袖に入れ、

「のどかな春でございます」

と言ったり、木炭でわかした五右衛門風呂に入って、

「薪にてわかせしとは入り心地が違ふ」などと言ったりした。

ところで父の出た佐伯家は、正直すぎるほど正直で、ふつうの家庭に比べると、かたくるしいほどの家風があった。父はこの家風になじんでいたので、正岡家を相続してからも佐伯家の家風を尊び、それがため正

岡家でも厳格さが家風の主流をなしていた。

子規の母は八重という。父より十二歳も若く、松山きっての儒学者、大原観山の長女である。母の母、すなわち子規の外祖母で、大原観山の妻は、名をしげといい、漢学者歌原松陽の娘である。松陽は観山の少年時代の師であった。

母八重が父のもとへ嫁いだのは二十歳の年である。どちらかといえば、ゆったりとした大原家で人となったかの女は、その悠長《ゆうちょう》な家風をそっくりそのまま正岡家へ持ちこみ、父のかたくななほど強情な性格と、厳格な家風になかなかなじむことができなかった。そればかりか、酒豪の夫や、やはり酒好きの義父母につかえ、いつも苦労の絶え間がなかった。酒がわざわいする家庭のいろいろな悪影響にも悩まされつづけていた。子規や妹の律が生まれたころの正岡家の経済状態は、相当に逼迫《ひっぱく》していただろうと思われる。

母の実家、大原家には観山としげの間に四男三女の子どもがいた。長男小太郎だけは幼少のころ死亡している。

したがって、大原家を相続したのは二男恒徳である。彼は後に五十二銀行の役員をつとめたこともあり、父の隼太が亡《な》くなった

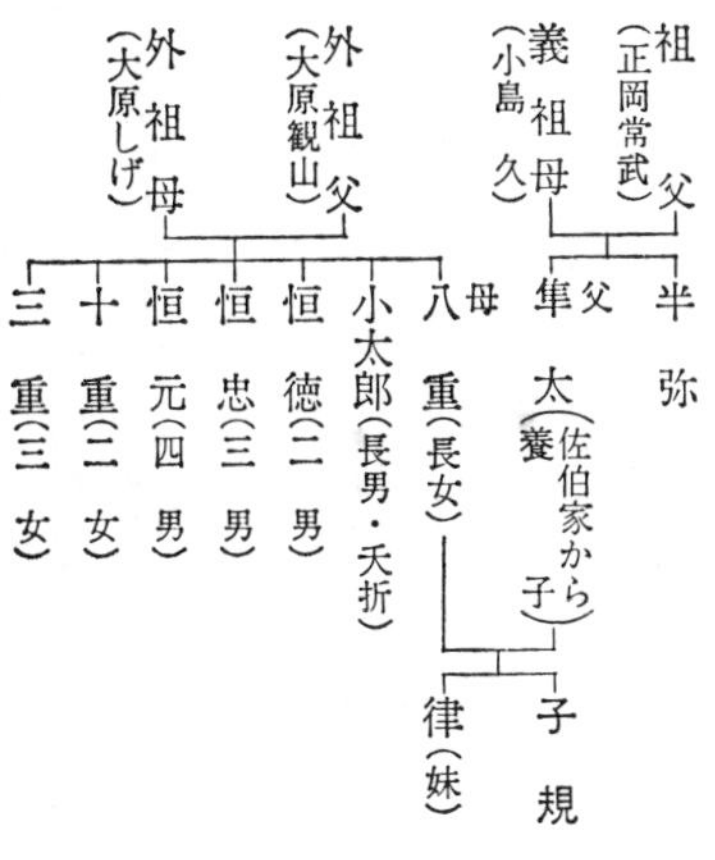

あとは正岡家の後見人となって、のちのちまで、子規の生活に深い関係があった人である。

三男恒忠は、拓川と号し、祖父の加藤家が絶えていたのを再興した。外交官生活二十年のあと、衆議院議員、勅選貴族院議員、松山市市長などの重要な職につき、死の直前には旭日大綬章を賜わったほど出世した。子規の性格や行動は、この拓川に似た点が多かったという。

四男恒元は三鼠と号し、祖母の岡村家を継ぎ、俳人となっている。

長女八重は正岡家に嫁し、二十七歳で夫と死別するという不幸に出会ったが、それからは貧しい生活に耐えながら、子規の教育に専念し、子規を偉大な文学者となした賢婦人である。

二女十重は藤野漸に嫁し、俳人古白を生んだ。

三女三重は岸重雀に嫁いでいる。

このように優秀な子どもたちを育成した儒学者の観山は、最初松山藩の儒官をつとめ、一時は藩の中でもかなり重んじられていた。けれどもけっしておごり高ぶるような人ではなく、金銭に関してはきわめて淡泊で、生涯清貧に甘んじ、明治八年に歿するまで、藩内の子弟に漢学を教えていた。

おばあさん子

幼年時代の子規はたいへん泣き虫の、弱々しい子どもであった。他の男の子たちが夢中になるようなたこあげ、こまわしさえもできなかった。また、鬼ごっこやかくれんぼも大嫌《きら》いというほどの弱虫で、遊び相手もなく、一日中家に閉じこもっている日が多かった。『子規言行

録』の母のことばによれば、

「小さい時分にはよつぽどへぼで〳〵弱味噌でございました。松山で始めてお能がございました時に、お能の皷や太皷の音におぢて——とう〳〵帰りましたら、大原の祖父に、武士の家に生れてお能の拍子位におぢるとそれは叱られました。近所の子供とでも喧嘩するやうな事はちつともございませんので、組の者などにいぢめられても逃げて戻りますので、妹の方があなた石を投げたりして兄の敵打をするやうで、それはヘボでございます」

と語られている。これほど彼は、意気地《いくじ》なしの子であった。

それというのは、祖母が盲目的にかわいがりすぎたためである。祖母は、嫁の母に対してはひじょうに冷淡で、何かにつけては嫁いびりをしたが、孫の子規だけは、目の中に入れても痛くないほどかわいがった。朝から晩まで自分の傍から彼を離そうとしなかったほどである。いわば、彼は俗にいうおばあさん子であった。かなり大きくなってからも、子規は「青びょうたん」と悪口をいわれるほど弱々しく、友だちと遊びまわるようなことはほとんどなかった。そういう彼のただ一つの楽しみは、彼が二歳の年に生まれた妹の律をつれて、そのころ、余戸村という所にあった、父の生家佐伯家を訪ねることであった。二人の兄妹は、週末になるときまったようにこの余戸村へ遊びに出かけた。家の前を流れる小川で蜆《しじみ》を取ったり、たんぼの田にしを取ったりした。「手長」といって、田にしを糸でしばり、それをえさにして蝦《えび》を釣る遊びは、なかでもいちばんおもしろい遊びであった。

子　規　堂

そのうえ、余戸村の佐伯家は、もと染物屋であった家を、廃藩置県の令がくだった直後に帰農を思い立って求めたものなので、家の中には染物屋時代に使った壺《つぼ》がいくつもころがっていた。兄妹はそれらの不用になった壺をおもちゃにして、長い時間、仲良く遊びつづけていた。

佐伯家はおよそ十年近く、この余戸村の家で生活し、明治十五、六年にふたたび松山へ転居した。子規にとって余戸村時代の佐伯家は、生涯忘れがたい幼年時代のなつかしい家となった。

生い立ちの家

子規が誕生した家は松山新玉町にあった。といっても、松山新玉町と称するようになったのは、だいぶんあとのことで、当時は伊予温泉郡藤原新町とよばれていた。

正岡家は、子規の生まれた翌年どうした理由からか、俗に中の川という湊町新丁（現在、湊町四丁目一番地）に移転し、明治二十二年十月ま

子規堂の内部

でこの家で生活した。したがって子規の生い立ちの家といえば、この湊町新丁の家ということになる。

ところで、生い立ちのこの家は、子規の妹が生まれる前年（明治二年）、火事をだし、一家が全焼するという悲運にめぐりあっている。

母八重はちょうど、実家の妹（十重）が藤野家へ嫁入りする日なので、小さい子規をつれて大原家へ泊まりがけに出かけていた。正岡家では姑《しゅうと》と夫とが留守をしていた。前にも述べたように、この親子は二人ともそろって酒好きだったので、その夜は嫁の留守を幸いに心を許し、したたか酒を飲んでしまった。あげくのはてに七輪の火の始末を忘れて、酔いつぶれてしまったのである。ぐっすり寝こんでいた二人がようやく気がついたころは、周囲に火がまわり、そのまま逃げだすのがやっとのことであった。

深夜、わが家の方角が火事だと聞いて、あわてふためいた母が一キロほど道をかけつけてきたときは、すでに火は猛烈ないきおいで、ごうごうと音をたてながら、わが家をつつんでいた。赤ん坊の子規は母の背中で、風に吹きまくられる大きな赤い炎を見ながら、「バイバイよ、バイバイよ」（提灯よ、提灯よ）と大喜びだった。二、三日後、赤い鼻緒の結んであった彼の下駄が焼けて、黒こげになったのがわかると、「坊、下駄焼《や》てた」と悲しがった。

りっぱな花嫁道具を持ってお嫁にきたと、近所の人々に噂された母の支度は、いつか姑や夫の酒代に変わったり、火事に焼けたりして、何一つ残ってはいなかった。それからというものは、正岡家では極度に火事を恐れるようになった。

火事のあと、しばらくは佐伯家に寄寓していたが、寄寓生活はさほど長くはなく、焼けあとに新しい家が建てられた。

「坪数は約百八十坪であつた。表門を入りて十数歩すれば家の入口に達し、少々土間があつて正面が玄関四畳、其《そ》のすぐ奥が八畳の客間、床と床脇が西から東を向いて設けられてある。其客間の北側六畳が居間で、其東側、玄関からは北側に当るところに、板敷で、凡《およ》そ四畳か四畳半と思はるゝ台所即《すなわ》ち食事場があり、其の東に土間で炊事場が附いてゐた。井は家の東庭で門に近きところ、塀の内がはになってゐる。又玄関からも客間の南縁からも往来の出来るやうに本家から南へ葺《ふ》きおろした三畳の小部屋がある。」

子規堂の庭にある
正岡子規の碑

これは、彼の友人で、俳人となった柳原極堂が『友人子規』で説明している、子規生い立ちの家の間取りである。子規の勉強部屋は、玄関の四畳を左に入った三畳間で、軒の低い粗末《そまつ》な部屋であった。

庭には一本の桜の老木があった。春には美しい花を枝いっぱいに咲かせ、風に散った花びらは中の川の清流を紅に染めた。少年時代、子規は香雲、老桜、桜庭などの雅号を用いたが、これらはみな、この桜の木にもとづくものである。

父の死

火事にあった翌年、妹が生まれた。それからまる二年にも満たない明治五年三月七日、父隼太を失った。父は日ごろの大酒が原因し、高熱と身体のはげしい衰弱のため病の床に臥《ふ》してから十日足らずで、あっけなくこの世を去った。死の直接の原因は不明だが、おそらく脳充血であろうと推定される。子規五歳のできごとである。

普通の子どもならば、五歳といえば相当に知恵がついていて、父の病気や死についても、幼児なりに理解するものなのだが、子規は発育の遅い子で、父の不幸を全然理解できなかった。見舞い客の多いのを喜び、家中を踊りまわるので、病人や看護人の邪魔になり、母の実家大原家へ預けられるほど幼稚だった。

とうとう父が息を引きとったとき、その場に居合わせた人々が声もなくうち沈んでいるさまや、母がまっ赤に目を泣きはらしているさまをただ不思議そうにながめていた。母が彼を膝《ひざ》に抱き寄せ、枕元の茶碗《わん》の水で彼の小さな指をひたし、父の唇《くちびる》をぬらしてくれても、それが父の死を意味することだとも、何か悲痛なできごとであるとも理解できなかった。また、四十九日の間、毎日母に連れられて墓参に出かけたが、一度として悲しいと思ったこともない。それほど幼年時代の彼は成長が遅かった。

後年、彼はこのときの自分について、

「――此頃六歳位の子供を見るに、父の何たる死の何たるを知らぬものはあらず。然るに余が 当 時 の 所行、げにあさましかりきと思はぬはなき程なり。いかにおろかなりけん、恥かしきことにこそ」と、「筆まかせ」で語っている。

父の死後に残されたのは、母と二人の兄妹、それに祖母の四人であった。八重は生活を支えるために、娘時代に習得した和裁を教えたり、伊予絣を織ったりした。しかしなんといっても、正岡家の家計をまかなったのは、大原家の援助であった。この一時期だけでなく、実に長い間、大原家は正岡家を助けた。子規の学生時代、闘病時代、死後など、ずっと経済的な援助を続けている。

明治六年、子規は六歳になると近所の三並良と法竜寺内にあった寺子屋へ通いはじめた。また、外祖父の観山から漢学を教えられたり、父方の伯父佐伯半弥から習字を学んだりするようになった。半弥は亡き父の兄で、佐伯家を相続した人である。かつては松山藩の祐筆をつとめていた書道家で、当時は寺子屋式に子弟を集め、習字を教えていたのである。

小学校入学

明治七年、西洋から流入した新しい文化とはよほどかけはなれた、遠い松山の地でも、文明開化の影響を受けて正式の小学校が誕生した。といっても、廃藩置県まもないころなので新校舎を建設するほどの大金が、できたばかりの県にあるはずがない。全国ではたいていの場合、今までの寺小屋があった寺院や民家に、椅子や机をそろえ、小学校に転用する方法が講じられた。一校の生徒数は三十人から六十人、教師はわずか一、二人というあわれな実状であった。

子規がはじめて通学した小学校もその例にもれず、法竜寺本堂にあった寺子屋が、いくらか学校らしい体裁をそなえ、「智環小学校」と名付けられたものである。智環小学校では年齢に応じ、生徒を八級に分け、読み書きのほかに数学も教えるようになった。現在のように国語や数学ばかりでなく理科や社会、図画などさまざまな学科を小学校でも教えるようになったのは、ずっと後のことである。

寺子屋時代に最も大切な学科とされていたのは習字である。五、六歳の子どもでも毎日筆を持って字を習っていた。それが小学校に改正されると、新教育では習字のほかに文章の読解や、数学にも力をいれなければならないということになった。だからといって習字の時間が廃止されたのではない。一日の課業には必ず一時間の手習いが組みこまれていた。当時は今と大いに教育方針が異なり、新制度ができたとはいえ、習字は依然として重要視されていた。

少年時代の子規は、とりわけ習字が好きで、友だちよりよほど上手《じょうず》であった。松山市外にあった立花神社は、書道の神さまといわれた菅原道真をまつったお宮で、彼の子どものころは、夏の祭礼の日になると、にぎやかに書道大会が開かれた。祭礼の日が近づいてくると彼はいっそう書道に励み、太い筆で大きな文字を書き、得意そうに出品した。小学校の課業が終わってからも、山内伝蔵という書道の師に字を習っていた。

智環小学校へ通学するようになってしばらく過ぎたころ、大阪師範出身の安岡珍麿という先生が松山へ来任し、勝山小学校を創立することになった。それは最も新しい教育を試験的に試みる目的があった。ちょうど今のモデル・スクールのようなものと思えばよい。
松山には智環小学校のほかに、巽、開通、啓蒙、清水などの小学校が設立されていた。新設の勝山小学校へは、これらの学校から選抜された生徒が通うことに決定した。選抜はどのような規準でなされたのか明らかではないが、子規は三並良、一色則之らとともに、転校グループの一人に加わった。たぶん、成績の優秀な生徒が選ばれたのであろう。

観山翁

転校した小学生子規は、熱心な努力型の生徒であったらしい。毎朝、五時になると、決まりきったように三並良を誘って観山塾へ出向いて行った。素読を学ぶためである。

観山にとって子規は初孫である。それだけでもかわいかったが、観山の期待にそむかずよく勉強したので、いっそう彼を慈《いつく》しんだ。大へんむずかしいと思われる孟子も、次々と憶えこんでしまう。三並は思い出話の中で、当時を回想し、

「先生は私共を非常に可愛がつてくれて定刻には私共の到るを待つてゐられた。先生の家と私共の家との距離は十分とかゝらぬ程のところだが、其途中に一匹の悪犬がゐて私共は時々飛びつかれた。或朝などは先生が棒をさげて出て来られるに途中で会つたことがある。先生は余り犬の吠えやうが烈しいから、又お前等が吠えられてゐるのだらうと思つて見に来たのだと言はれたことがある」

と語っている。この三並良は漢学者歌原松陽の孫で、観山の甥にあたる。家塾を開いて、藩の子弟を教えて

いた儒学者観山翁も、身内の二人の優秀な生徒は、とりわけかわいい存在だったにちがいない。

子規の母も思い出の中で、

「祖父は大変に升を可愛がりまして升はなんぼ沢山教へても覚えるけれ教へてやるのが楽みぢゃといふてをりました。」

と言っている。母のことばにしろ、三並のことばにしろ、祖父観山翁がどれほど子規をかわいがり、どれほど彼の将来に期待していたかを、実によく物語っているといえる。一方、子規は、ものごころつくかつかないうちに父を失ったので、観山翁にはなみなみならぬ尊敬の気持ちを抱いていた。当時の知識人として土地では知らぬ者がないほど有名だった儒学者観山は、単にやさしい祖父というイメージだけでなく、よほど偉いりっぱな人として、翁をみる眼が自然にそなわってきていたにちがいない。「筆まかせ」には、

「翁は一藩の儒宗にして人の尊敬するところたり、余常に之《これ》を見聞する故に後来学者となりて翁の右に出でんと思へり」

とある。つまり、少年期の子規が、修学の目標としたのは祖父の観山翁である。勉学をもって翁を驚嘆せしめようと彼は真剣に考えていた。

このように少年子規に漢字の知識を授け、あるいは高潔な人格をもって多大な影響を与えた観山翁は、明治八年四月、病にたおれ、もはや帰らぬ人となった。子規はその時八歳であった。

観山は自分が病にたおれ、子弟の勉学を助けることができなくなると、かわいい甥《おい》と孫のために、明教館の助教授で同じく藩の儒学者、土屋三平に漢学の手ほどきを依頼した。土屋三平は、日ごろから観山の学問と人柄とを敬愛していたので、彼の申し出を即座に引き受けたばかりか、観山に依頼されたことを光栄に感じたほどなので、観山の死後もすすんで二人に漢学を教授することを約束してくれた。

実直で世渡りの下手《へた》な、やや奇人めいた人物だというのが、子規の新しい漢学の師に対する世間の噂であった。それだけに確実で、絶対にごまかしを許さない厳格さがあふれていた。子規と三並とはやはり早朝から、師の門をたたいたのである。

どんなに早い時刻に出かけても、二人が行く前に、師はきちんと机の前に正座し、彼等の来るのを待っていた。子規が初めて漢詩を学んだのは、土屋三平の家塾に通うようになって三年目、明治十一年の夏である。観山が健在だったころ、翁の家塾で漢詩を学んでいる年長の生徒を見たことがあった。その時以来、子規はぜひ漢詩なるものを学びたいと考え、たびたび翁に懇願した。しかし、翁は許さなかった。七、八歳の生徒には、漢詩はあまりむずかしすぎると考えていたようである。

十一歳の子規が、生まれてはじめて作った漢詩は、

「一声孤月下、啼血不堪聞、半夜空欹枕、古都万里雲」

という五言絶句である。この後は毎日のように一詩を作るようになった。師はていねいに添削《てんさく》してくれた。

早起きして漢学に親しんだ子規は、夜には勝山小学校の教師景浦政義のもとへ数学の復習に通っていた。もちろん、三並良といっしょである。朝は漢学、学校が終わると書道、夜には数学と、小学生でありながら一日中勉強していたことになる。

講談好き

この景浦先生はたいへん昔話が好きな人であった。勉強に疲れると昔話をさも得意そうに聴かせてくれた。話の内容はおもに三国史や漢楚軍談のようないくさものであった。話し方が上手で、とてもおもしろおかしく楽しかったせいか、二人はすっかり昔話に夢中になった。そして先生の話が次から次と種がつきないのは、あらかじめ読んでおく本があるのだと知ると、二人はむしょうに読みたくなった。大和屋という貸本屋へはじめて足を向けた。こっそりと軍談類を借り出したのである。そのうち軍談にまったく熱中しはじめた。二人は毎月のわずかな小遣いで借り出してくる貸本だけではもの足りなくなった。

そんなころ、ちょうど松山の中心部に遠山席と称する寄席《よせ》があって、時々そこへ燕柳という大阪風の講談師がかかり、町の人の人気をさらっていた。その小屋は毎晩景浦家へ通う道の途中にあった。二人は行きに帰りに、はでな表看板を立ち止まってゆっくりと見上げ、それからすたすたと、あきらめきった顔つきで歩いていった。けれども最初のうちこそ、親に叱られるとか、小遣いがないとかであきらめていたが、表看板を見るたびに、講談を聴きたい気持ちがつのり、ついに我慢できなくなってしまった。

ある晩、二人は親に内緒《ないしょ》で寄席へ行くことに決めてしまった。いつものように数学の勉強に出かけるふりをして家を出た二人は、寄席の近くの知りあいで木戸銭を借り、思う存分燕柳の講談に聴きほれ、すっかり燕柳のファンになってしまった。そして夜も十二時近くなってから、ようやくのこのこと帰ってきた。ところが両方の家は門をぴったりと閉じている。押しても叩《たた》いても開くけはいは全然ない。二人は途方にくれてしまった。どうしたらあけてもらえるだろうとひそひそ相談をはじめた。いっこうに名案が浮かばない。前よりいっそう力を入れて、どんどん、どんどんと叩いた。

そのうち、家の人は近所に知れると見苦しいというので、ようやく二人は家の中に入れられた。こっぴどく説教されたのは言うまでもない。その夜、二人が出かけたあと、あいにくと雨が降り出したのである。両家では傘と下駄を景浦家へ届けに行ったので、あまりにもあっさりと悪事が露見してしまった。

母は封建時代の女性ではあったが、学者の家庭で育てられたので、息子の教育にはとりわけ熱心な人であった。その母をだまして寄席へ行ったのだから、ずっとあとまで、くり返しくり返し小言を聞かされた。

その点、祖母は盲目的に子規を溺愛《できあい》していたので、母のように小言は言わなかった。その上、祖母も講談が好きだったのである。それからは月に一度か二度、かならず孫の手をひいて寄席へ連れて行ってくれた。

もともと、「青びょうたん」と悪口を言われたほど虚弱な子だった子規は、それでなくても勉強にいそがしかったので、友だちとがやがや騒ぎまわることはなかった。今のようにテレビどころかラジオも、少年雑誌もない時代だったので、たまに寄席へ連れられて行くのが、彼の唯一の楽しみになっていた。あとは予習や復習に毎日が明け暮れする、変化のない日が続いていた。こうして勝山小学校を卒業したのは、明治十三年、十三歳のときである。卒業と同時に、彼は松山中学校へ入学する。

大志を抱く

——血気に燃えて——

子規の幼少年時代は、だいたい小学校卒業とともに終わった。やがて、いきいきとした青春時代がやってくる。

いきまく中学生

そのころ松山には、県内唯一の松山中学校があった。それも歴史の新しい創立したばかりの学校である。松山中学校が正式の県立中学校となったのは、彼が入学するわずか一年前の明治十二年のことである。

松山では明治七、八年頃、慶応義塾で福沢諭吉の自由教育を受けた草間時福という人や、高知県出身の平民主義を主張する岩村高俊という人などが来任し、中学校や師範学校開設に努力した。そのおかげで、明治九年七月には、松山中学校の前身にあたる愛媛変則中学校が創立され、生徒には英語中心の教育が授けられていた。

愛媛県は、当時板垣退助を中心とする自由民権論の発生地ともいわれる、高知県の隣りにあったので、松山へも新しい思想が日々に伝わってきていた。そのため、中学校の教師や学生の間には、ひっきりなしに議論が行なわれ、演説会や雑誌発行も盛んであった。

ことに明治十二、三年、国会開設の世論が高潮するにつれ、中学生の気勢はさらに高まった。政府はこれを阻止せんがため、校長を他に転任させたほどである。

子規が入学した松山中学校は、このように活発な校風を誇りとする学校であった。母子家庭でおとなしく成長した彼も、情熱的な校風に感化され、自由民権思想を自ら吹聴《ふいちょう》するようになった。地方にはまだ数少ない東京の新聞をどこからか手に入れ、こっそりと回覧したり、政治論をたたかわしたりした。明治十四年十月、板垣退助のひきいる自由党や、大隈重信を中心にする立憲改進党が成立すると、彼は友人とともに大きな期待に胸をふくらませ、その成りゆきを語り合ったりした。しかし政府は、国民の人気を集めた自由党に、いろいろな法令を作って弾圧しはじめた。自由党は必死で政府に反発を続けた。だが、政府の圧迫に堪えきれず、明治十七年十月、解党の憂き目をみることになった。

自由党が政府と真剣に闘ったこの三年間は、ちょうど子規が松山中学校在学中の三年間だったことになる。今や若々しい、元気いっぱいの中学生となった彼は、東都における板垣退助や、自由党党士の活躍ぶりを雄々しい英雄として崇拝した。彼の眼には、理想の人間像として映ったのである。

大きくなったら政治家になりたいと、子規ばかりでなく、どの少年もどの少年も未来に思いをはせていた。彼らはさきを争うように、地方在住の自由党の志士が開催する演説会に出席し、火を吐くような熱弁に傾倒した。今や一日も早く政府を打倒し、自由民権思想の政治が行なわれねばならないのだと、心から考えるようになった。彼らは、すさまじい演説会の光景をまのあたりに見るたびに、青年らしい熱い血潮が体内に燃えあがるのを感じた。

そして中学生も弁論大会を開き、いきまいた。このころの彼の演説草稿には、「自由何《イヅ》クニカアル」、「天将《マサ》ニ黒塊ヲ現ハサントス」などが残っている。

「吾人人民ハ争フテ福祉ヲ存スルノ地位ニ達スベシ。是光明トハ何ゾ、則《スナハ》チ一ツノ黒塊ナリ。此黒塊ハ実ニ光輝ヲ発シ世界ニ臨照スルモノナリ。故ニ我 Japones 人民タル者、宜《ヨロ》シク此黒塊ヲ現出シテ、光明ヲ仮リテ福祉ヲ得ントスルノ心ナカルベカラザルナリ。則チ此ヲ製作現出シテ国家ヲ輝カサントスルハ、愛国者ノ愛国心ヨリ出ヅル者ナリ。」

これは、「天将《マサ》ニ黒塊ヲ現ハサントス」の一部である。かつては弱々しい少年だった子規が、当時の自由民権思想に多大の影響を受け、盛んにいきまいている姿がありありと眼に見えるようである。

こんなふうに、松山中学校の学生たちは、政治熱に浮かされ、ひたすら板垣退助を崇拝しつづけていた。ところが政府のきびしい非道な仕打ちをまぬがれなかったとはいえ、理想と仰いだ天下の自由党が解散したのである。敗北の結末は、子規にはいかんともしがたい悲痛なできごとのように思われた。大きな衝撃を心に受けた。政治家たらんとする希望も夢も、ことごとく打ち砕かれ、沈痛な悲しみの日々を過した。やがて、彼は今まで積極的には考えたことのない、文学者への夢をもって、これに代えたのである。

五友の会

さて、中学校時代の子規は、政治に興味をおぼえ、しばしば政治演説会などを催し、さかんにいきまいていたとはいえ、そんなことだけに時間を費やしていたのではない。

かつて、亡き祖父観山の指導で、漢学の基礎を築いた子規は、松山中学校に入学するとまもなく、三並良、太田正躬、竹村鍛、森知之という親しい仲間といっしょに「五友の会」を作った。「五友の会」というのは、仲間がちょうど五人いたので、簡単にそう名付けたものである。彼等は、同親吟社という、ハイカラな名前の詩会や、詩文研究会、書画会などを開いて、大いに才能を競いあった。また、「五友雑誌」とか、「莫逆詩文」とかいう二十ページあまりのうすっぺらな回覧雑誌を編集した。雑誌の編集にはたいてい子規が中心になり、いちばんたくさん寄稿したのも彼であった。内容は、論説、投書、雑録、風詠などである。風詠欄はおもに詩歌である。

この五友の会のグループを指導したのは、俳人として有名な河東碧梧桐の父静溪《けい》で、明教館の教授をつとめ、かたわら私塾を開いて子弟の教育に励んでいた。グループのメンバーの一人、竹村鍛は静溪の二男、碧梧桐の兄にあたる。静溪は自分の息子を含む五人の青年に漢学の講義をしたり、詩の添削をしてやったりした。

五人の仲間は、なにかといえばすぐに集まった。月夜には松山郊外の石手川の堤に出かけ、さっそく詩を吟じたり、議論を交わしたり、美しい自然の風景を写したりした。

石手川というのは、松山の南側にある湯の山から海までのおよそ六キロの間を流れる川で、さほど大きくはない。梅雨や秋の豪雨の時期になると、普段は少ない水かさもたちまち増えるので、昔、松山築城の際、水害を恐れ、大きな堤防を築いた。川の上流は、うっそうとしげった樹木におおわれ、堤の上を散策すると、道後平野のかなたに、山の重なりが手に取るように眺められる。後には松山市の公園になったほど、この石手川堤は景勝に富み、市民の心にうるおいを与えてきた。市民は「おなぐさみ」と言い、春夏秋冬ここに遊んだ。

子規もたびたび友だちと連れだって、この堤を散歩した。うららかな日ざしの春の日もあれば、すすきが風にゆれる秋の日もあった。上京した後も帰郷のたびにはかならずこの堤へ出かけて行き、若き日の回想にふけった。後輩の虚子や碧梧桐と文学論を語りあったり、俳句を詠んだりしたのもこの堤である。

「五友の会」の仲間は、詩会と同じように書画会も開いた。おもに山水画を描いていた。この時も子規が最も熱心であり、上手《じょうず》でもあった。一時期、彼は身体が健康ならば画家になりたいと考えたほどで、絵はなかなか巧みであった。

「恐らく子規氏は画家として立たれても亦驚くべき才能を発揮せられたろうと私は思つてゐる。子規氏の幼年時代の絵並に病中略画を見ても、其の豊かなる才分は十分に窺知し得らるゝ所で氏の多方面的才能には驚かざるを得ない。」

子規歿後、画家下村為山が彼の絵の才能について語ったことばである。この評言によっても子規の画才を偲《しの》ぶことができるであろう。

東都へのあこがれ

先にも述べたように、当時の松山中学校はひじょうに新しい思想のみなぎった、革新的な校風があった。教師や学生も勇ましい気勢をあげ、政治に夢中になっていた。けれども「学校」として考えた場合、欠点も少なくなかった。たとえば、勇敢な学生たちは、不服だと思えばあくまで不服とし、学校の規則を守ろうとはしなかった。当然、教師を尊敬する気持ちにも欠けていた。はっきりいえば教師を馬鹿にする学生が多かったのである。教師は教師で、早熟で血気にはやる学生たちが、心から尊敬でき得るような、高い教養と学問を身につけてはいなかった。であるから、純粋に学問を志す学生にとっては、教科書も授業の内容もひじょうに不完全なものであった。

そんなことが原因で、更に進学を希望する学生たちは、早くから上京の希望を抱いていた。都会からみれば、数倍も文明の遅れた小さな城下町の中学校などで満足していられない気持ちが強かった。また、自由民権思想の荒れ狂う東京へ一度は行ってみたいという、若者らしい夢もあった。理由はなんにせよ、中学校以上の教育を望む者は、やがて都会へ出なければならなかった。松山には、中学校以上の高度な教育を授ける学校がなかったからである。

どうせ一度は故郷を離れ、都会の空気になじまねばならないというので、経済的に余裕のある家庭では、中学校を中退させても、子弟を都へ進学させる決意をしその準備を進めた。親しい友人が一人去り、二人去りと、希望にあふれて中退してゆくさまをみると、自然に中学生の間では、東京へのあこがれの気持ちが広まっていった。我も我もと、父兄を納得させ、三津浜の港から勇ましく乗船していった。

子規も早くから遊学の志を抱いた一人である。彼はなんとかして、上京のチャンスをつかみたいと切実に願った。まず、母を納得させるのに成功した。しかし、事実は母の承諾だけではどうしようもない。正岡家の采配《さいはい》を振っている叔父大原恒徳がうなずかない以上は、遊学はまぼろしか、かなわぬ夢にしかすぎなかった。彼は叔父にあてて再三再四、手紙を書き送った。しかし、返事はいつもまだ時期が早い、しっかり勉強して、せめて中学校を卒業しろということだった。

三並良をはじめ、「五友の会」の友だちも着実に東京遊学の計画を立てていた。彼は友の送別を迎えるたびに、自分の希望を聞き入れられない残念さに胸を傷めた。それでも彼は決してあきらめなかった。

そのうち、松山中学校では高等部を設置することになった。子規はとにかく中学校を卒業すれば、かならず上京できるものと信じていた。それが今や高等部が設置されれば、上京の機会は、いっそう遠のくにちがいない。なんとか卒業前に上京のめやすをつけなければ、高等部に進学させられてしまう。彼はますますあせりはじめた。そして、叔父恒徳を説得することが不可能と決断すると、次の叔父拓川に手紙を送った。

「――維新以来日猶《なお》浅く、学校（地方）は良教師に乏く、良規則を得ず、正に我中学校の如きは高等科を置くと雖《いえ》ども一層善良なる教師の来るに非《あら》ず、一層高尚なる書籍の講授さるゝに非ず、其学科却《かえっ》て前時中学校に劣る勢に至りしは我們の常に歎じて措かざる所に御座候」

子規が松山中学校の現状をなげき、不満の気持ちを訴えた、拓川宛ての手紙（明治十五年二月）である。

彼はこれに類似した手紙を幾度となく投函した。返事はきまったように上京の気持ちを抑制したものにすぎなかった。彼はがっくりとうなだれ、しかも内心ではいよいよ強く、遊学の思いを燃えあがらせていた。

出京

ついに、上京を抑制する返事に変わって、それを許可する拓川からの手紙を受け取ったのは、彼が十六歳の、明治十六年六月八日である。彼は、その前月、まだ叔父たちの許可も得ないうちに自分勝手に退学を断行してしまっていた。是が非でも、上京したかったがためである。

彼の友人で、後に最初の「ホトトギス」を発刊した柳原極堂は、子規よりわずか一か月早く上京のチャンスをつかんだ。自分もあとひと月のちには上京できるとは思いも寄らなかった子規は、極堂の上京をひじょうにうらやんだ。

別れにあたり、二人の青年はなじみぶかい、思い出の石手川堤をぶらついた。

「君も御承知通り僕には父親が無い。母はあつても家の差配は叔父に任してあるのだから、叔父の許可が出るまでは僕の上京が何《ど》うなるか、母にも僕にも判らぬのぢや。其点が実に残念でたまらぬ。しかし僕は遠からず出て行くよ。已《や》むを得ぬ場合は夜ぬけしてもと言ふ決心をしてゐるのぢや」

極堂の著、『友人子規』にある、その時の子規のことばである。これを読むだけでも、いかに彼の胸中には、消しがたい出京の決意が秘められていたかわかるであろう。

子規が拓川からの承諾の手紙を読んだときの喜びようは、狂気せんばかりであつた。俗に言う、鬼の首でも取ったような喜び方であった。彼はこの時のうれしさを終生忘れなかった。子規は「半生の喜悲」と題する

文中で、

「余は生れてよりうれしきことに遭い思はずにこくとゑみて平気でゐられざりしこと三度あり」と記し、その第一番目のうれしきことに、上京の許可を得たことだと言っている。それほど、彼はうれしかったのである。なか一日おいて、翌々日には、早くも故郷松山を出発していることでも、その様子は十分にうかがわれる。

では、長い間子規の頑強な希望を知っていながら拒否してきた叔父は、なぜにわかに承認したのであろう。それは、第一に子規の望みが意外にかたく、もはや押しとどめることができないと悟ったことである。すなわち、遊学の志は本物だと思ったのである。第二は、拓川自身が旧松山藩主久松家の援助で、フランスへ留学することに決定したことがあげられる。拓川は自分がヨーロッパへ旅立つ前に甥《おい》の希望をかなえ、できるかぎりの便宜を計ってやりたいと考えた。事実、彼はいろいろと心配し子規のために骨を折ってくれた。その一つに、のちに日本新聞社社長となった陸羯南《くがかつなん》に子規を紹介した。羯南は拓川の友人である。それをきっかけとして、羯南は終生子規の後援者となった。

「二三日たつとやつてきたのは十五、六の少年が、浴衣一枚に木綿の兵児帯、いかにも田舎から出たての書生ツコであつたが何処かに無頓著な様子があつて、加藤の叔父が往けといひますから来ましたといつて外に何もいはぬ。ハア加藤君から話がありました、是《これ》から折々遊びにお出でなさい、私の宅にも丁度アナタ位の書生がゐますからお引合せしませうといつて予の甥を引合はした。やがて段々話をする様子を見ると、言葉のはしばしに余程大人じみた所がある。対手になつてゐるものは同じ位の年齢でも傍から見ると丸で比較にならぬ」

上京まもなく、子規が羯南を訪問したときの羯南の印象記である。子規には元来、どこかずぶといところがあった。その性格は、自分の才能に自信を持つところから生じたものであろうが、どんな年長者に対してもうやうやしく相手をまつりあげたり、反対に謙遜《そん》することもなかった。羯南は一度の邂逅《かいこう》で、早くも子規が非凡な才物であることを見破ったようである。

予備門入学

上京一か月後、子規は赤坂の須田学舎に入学した。そこで大学予備門の入学試験を受験する決意をすると、ただちに共立学校（のち開成中学校と改名）へ転校した。ここでは、松山時代によく漢学を学んでいたので、荘子の講義にいちばん興味を感じている。

明治十七年七月、上京後一年にしかならない子規は、思いきって予備門を受験した。学科の中では語学が不得手だった彼は、まさか及第するとは考えず、場馴れのためという理由で、友人に誘われるまま受験してみたのである。結果は運よくも、菊地謙二郎と並んで合格してしまった。

受験するにも自信のなかった彼は、合格発表当日、わざわざ発表を見に行く気持ちは全然持ち合わせていない。これも友人に誘われるまま、いやいや出かけていった。それだけに、合格者の中に自分の名前を発見すると、驚きの声を発した。合格のよろこびを味わったのは、しばらく時間が過ぎてからのことであった。

彼は、「半生の喜悲」の中で、第三番目の喜びに予備門入学を数えている。そして第二番目の喜びとして、

「常磐会給費生となりし時」

とあるのも、この合格とほとんど同時だった。

常磐会給費生というのは、旧松山藩主久松家の育英事業のひとつである。松山出身の前途有望な学生に、毎月一定の金額を支給するものである。ちょうど今の奨学資金と思えばよい。月額は七円（大学生は十円）である。当時東京の下宿料は四円が相場であったから、この給与はけっして少なくはない。そのほか必要に応じて書籍費も支給された。

上京後、経済的に困窮していた子規は、普通の学生のようにまともな下宿生活ができるほど余裕がなかった。そこで彼は、まったく不慣れな自炊生活をやってみたり、親類や知人の厄介になったりしていた。そして一日も早く、気苦労なく学問に打ちこみたいと念《ねが》っていた。

上京、予備門入学、常磐会給費生と、一年の短期間に、三拍子そろって希望がかなえられたことになる。

寄席と学問

ようやく一人前の学生生活を保証された彼は、不得手な語学のため、本郷の進文学舎へ通った。そこでは坪内逍遙の講義を聴いている。もともと英語の嫌いだった彼は、逍遙の名講義を落語のようだったと言っている。

そして、少年時代、講談に熱中した子規は、このころから寄席へ再び通いはじめた。寄席へ行かない日は

人情本や雑誌を読みふけった。矢野竜渓の『経国美談』を読んだのはこのころである。本にあきると、また寄席へ出かけて行った。勉強はしだいにしなくなった。

夏目漱石は、大学時代に子規と知り合い、終生たがいに尊敬しあった友情を結んだが、そのきっかけは、二人とも落語好きだったのにはじまることは、有名な話である。『吾輩は猫である』『坊っちゃん』を書いた漱石には、学生時代から日本人離れをしたユーモアがあり、子規は子規で瓢逸《ひょういつ》なかくれた一面を持っていたからであろう、二人とも落語にたいへん興味を感じ、それぞれ落語通を自認していた。そこで偶然に話し合ってみると、とてもうまがあって、たちまち友情が生まれたのである。

予備門に入学したとたん、不勉強、不努力を積み重ねた子規は、翌十八年、語学と数学の力が不足し、みごとに学年試験に落ちてしまった。まさか合格するとは考えなかった予備門の入学試験にパスしてからは、試験などいとも簡単なものだと思いこんでいたせいもある。

しかし、彼は落第を少しも気にやまなかった。かえってこのころからぼつぼつと俳句を作りはじめ、一方では随筆「筆まかせ」を草し、文章や短歌の修練に励んでいる。

また、この年の夏、松山へ帰郷し、京都や厳島に遊び、翌年には日光、中禅寺湖、伊香保と旅行に出かけている。あるいは、寄席通いは相変わらず続いていたが、そのほか紅燈緑酒の巷にも出入りするようになった。机上の学問よりも人生や世間や自然を見る「眼」を育てることに主眼をおいていたと言ってよい。

いいかえれば子規の学問の方法は、行動をともなう現実的な方法でなされた。彼は自分が見聞し、体験したものを最もたいせつなものと考えた。

初雪やかくれおほせぬ馬の糞
ぬれ足で雀のあるく廊下かな
夕立や一かたまりの雲の下
秋の蚊や畳にそふて低く飛ぶ
菜の花の中に道あり一軒家

ここに掲げたのは明治十八年から二十四年にかけての彼の句である。どの句もごくあたりまえの平凡な、どこにでも見受けられる光景を十七文字にまとめたにすぎない。

ところが、もう一度注意深くながめてみると、いずれの句も彼が実際にみた光景を、見たまますなおに俳句に詠んだのだということが、おわかりになると思う。そうするとあまりに平凡で、見のがしがちなこれらの一句一句が、なぜか読者の頭の中にこびりついて離れなくなるから不思議である。一言でいえば、子規の文学の特質はこんな点にある。第二編で、くわしく述べるが、ただ見たままを、そのまま表現するということは、簡単なようで実はひじょうにむずかしいことなのである。それには何よりも見る「眼」を養わねばならないであろう。

二十歳足らずの青年子規が、数年間の学生生活の間に、学問を教科書からだけ学ぼうとせず、寄席や旅行や街頭の雑踏の中からも学ぼうと心がけたことは、彼の文学にまことに大きな意義をもたらした。つまり、子規文学の円熟の原因がこのころの彼の生活に見出されるのである。

俳句入門の動機

子規が文学者にあこがれた当初は単に文学者と思うだけで、はっきりした目標がなかった。それがあと三、四年もすると、幸田露伴や尾崎紅葉などという彼と同年齢の新しい作家が、次々と小説を発表し、名声をほしいままにしはじめると、彼はそれに刺激され、小説家を志望するようになる。

それとともに「俳句分類」という大事業に着手するのも、もう少しあとの明治二十四年ころからである。しかし「俳句分類」は、子規があるとき急に思い立って、この困難な事業をやり遂げようと決意したのではなく、彼と俳句が結びついたのは、明治二十年の夏、帰郷の折に彼が俳諧の宗匠大原其戎《きじゅう》を三津浜に訪問したときにはじまる。

この会見は子規が句稿を持参し、其戎に添削を乞うのが目的であった。それまで彼は特別俳句好きだったわけではない。遊び半分に句をひねってみていた程度である。もちろん七十歳を越える其戎宗匠と堂々と俳諧論をやるほど俳諧の知識もなかった。彼に同行した極堂は、句の添削をしてもらったあと、季題に関して二、三の質問を試みただけの、三十分たらずの短い訪問だったと言っている。

けれども、この短い其戎との会見で子規は何か得るところ、感じるところがあったにちがいない。東京へ帰ってからも二年くらいの間、其戎との文通が続いた。おそらく彼と、地方の俳諧の宗匠を自認する其戎との間に、俳諧史、俳人評などについて書簡が往復し、彼は大いに啓蒙《もう》されたのであろう。

とにかく其戎宗匠との会見が、彼を俳句に結びつけた直接の動機となったことはまちがいない。

寄宿舎生活

明治二十年も終わり近いある日、彼は「常磐会寄宿舎」という、旧藩主が郷土の子弟のために設置した寄宿舎へ入舎した。この寮は古い家を買い受け、増築したもので、部屋数十二のほか、台所や監督の家が別についていた。同郷の学生ばかりだから自然に楽しい雰囲気が盛りあがった。下宿のように遠慮はいらない。子規はここで思う存分好き勝手な勉強をした。

「寄宿舎の建物は略《ほ》ぼI字形をなしてゐて上下の水平線にあたる部分が二階立てになつてゐた。其左側が南うけでそこに横長い庭があつた。庭の一方に運動機具唯一の鉄棒があつた。子規は其の鉄棒を見下ろす二階の一室、多分八畳の間を占領してゐた。……子規の部屋は広々としてゐた。そこらに和書洋書の区別もなく、書きかけた紙もふみかためた反古などが時には足のふみどころもないやうに散らかつてゐた。それが一層部屋を広く奥深く見せるのであつた。兄はよく、正岡も不精者でもういく日箒《ほうき》をあてないか第一ほこりつぽくてあの部屋へ入る気がしない、と言ひ〳〵した。」

これはたまたま東京へ遊びに来ていた後輩の碧梧桐が、そのころの子規の部屋を回想したものである。子規は寮一番の不精者で自ら「ものぐさ太郎」と言っていた。周囲を片づけるようなことはめったになかった。下宿生活をしていたころ、見るに見かねたその家のおかみさんが、彼の留守の間にきれいに掃除しておいたところ、帰ってきたばかりの子規はたちまち血相を変えてどなりつけたという。

昔、中国の詩人が獺《かわうそ》がいろいろの魚を集めてきて、自分の巣に貯蔵するさまを見て、「魚を祭る」と形容した。彼もそれにならって、

「我輩の巣は本や反古《ほご》を祭つてゐるので物好きや気まぐれではない」

といつも平然としていたそうである。獺祭書屋《だっさいしょおく》の雅号もここから生まれた。

うすよごれた彼の部屋には、たいてい何人かの友達が集まっていた。俳句に傾倒しはじめたころの子規は、一晩に何十句も作ることがあったし、自分一人で作っているのはもの足りなくて、誰でもかまわず仲間へ引き入れた。いやだと言おうが言うまいが、強情で親分的な気質を持った彼は、強引に五、七、五を詠ませてしまうのである。そして、この句はいいとか悪いとか、一角《ひとかど》の俳人のように友人の句を批評していた。

後年、子規の門下となった俳人のほとんどは、この寄宿舎生活で、子規から俳句を教えられた人たちである。寮の監督だった内藤鳴雪は、子規門下の最も高齢の俳人で、子規の援助を惜しまなかった温厚篤実の人だが、当時の子規は彼より二十歳も年長の鳴雪翁にまで、俳句を教えこんだのである。

そのほか、五百木飄亭、新海非風、寒川鼠骨、竹村黄塔などが、学問をそっちのけにして、寮の天井をにらみつけ、句を吟じあっていた。子規が開拓した日本派俳句の揺籃《ようらん》は、実にこの寄宿舎の中にあった。

喀血

子規の一生で忘れられない悲壮な事件のひとつとなった最初の喀血《かっけつ》は、明治二十二年五月九日二十二歳の日のできごとである。

彼の喀血はまったく突然に起こった。『子規全集』の「子規居士年譜」には、

「五月九日夜、突然喀血、翌日医師の診察を乞ひ午後集会の為九段に赴《おもむ》く。帰来再び喀血。時鳥《ほととぎす》の句四五十を作る。喀血は一週間に亙《わたり》り、喀血の量は一回五勺位といふ。痰に血痕を存するは一箇月余に亙る。」

とある。

さだめし子規も驚いたことであろう。現在では肺結核はそんなに恐ろしい病気ではなくなったが、当時は不治の病と言われた。良薬はない。看護といっても栄養食を与えるくらいが精いっぱいである。医者も治療の方法がなかった。今の癌《がん》のようなものである。それにしても彼はたいした強情者であつた。医者が安静に寝ているように忠告したにもかかわらず、その日、集会とかなんとか言って、寮へ帰ったのは、夜もかなり遅い時刻である。そして、たちまち前夜より多量の血を吐いて同郷の後輩たちを心配させた。

卯の花をめがけてきたか時鳥《ほととぎす》
卯の花の散るまで鳴くか子規《ほととぎす》

血を吐いた夜に作った彼の句である。この時から喀血した自分を「ほととぎす」にたとえ、「子規」と号

するようになったのである。

自分の病を知れば、松山の母や妹は驚くにちがいない、いつまでもかくしきれるものではないが、一心に成長を期待してくれている故郷の母を悲しませるのは、あまりにも忍びがたかった。彼はそう考えて、当時松山にあった、叔父恒徳にだけ、簡単な報告をするにとどめた。その中に、

「数日ニシテ全癒スルトノ診断故御心配被下間敷候」

と言い、

「病気之事母上ハシメ他の方々へハ可成御話無之様祈上候」

と追記している。強情な彼の性質とはうらはらな、家族を思う深い気持ちがこの短い文章にこめられている。

「数日ニシテ全癒スル」といった彼の肺病は、けっきょく死にいたるまで癒されることがなかった。やがて悲壮な、長い闘病生活がやってくる。

高浜虚子

碧梧桐、虚子との出会い

河東碧梧桐と高浜虚子は、子規門下の代表的な俳人である。生前中の子規が

河東碧梧桐

いちばんかわいがったのは、この二人である。二人は子規と同郷で、子規と碧梧桐は六つ違い、碧梧桐と虚子は一つ違い。子規からみた二人はちょうど弟のようであった。

碧梧桐と虚子が、子規と知り合ったのは、子規が第一高等中学校（予備門が改名された）に学び、二人はまだ松山中学校の学生だった、明治二十三、四年のことである。

子規が中学生だったころ、河東静渓に漢詩の添削《てんさく》を乞い、河東家に出入りしていたし、碧梧桐の兄、可全と交友を結んでいたので、二人のうち碧梧桐の方は早くから顔見知りであった。しかし親しく話し合うようになったのは、帰省中の子規が野球を教えたことがきっかけである。

ところでスポーツ嫌いの子規には、ちょっと珍らしい話だが、彼は一時野球に熱中した。当時、東京でも一部の学生間でだけおこなわれていた野球を、いちはやくおぼえると、松山へ帰ってこれを碧梧桐に教えた。なおベースボールを「野球」と訳したのは子規が最初である。

「この時子規は、東京から持ち帰つた野球のボールを見せて予を門前に誘ひ、ボールの受け方を教へてくれた。これが松山といふ地に、野球の植ゑつけられた最初であつた。ボールは皮を縫い合せた普通の硬球で、勿論《もちろん》ミツトもグローブもなく、素手でキヤツチボールをやるのであつた。始めて硬球を受ける手の痛さを堪へて、掌《てのひら》を真赤に朱で染めたやうにして居た。サウ〳〵仲々ウマイなどゝおだでられてやつたものだつた。其後予は子規を訪うて、野球のルールを図解して貰つたりした。予が俳句を子規に教はる一年前のことであつた。」

碧梧桐の追懐談である。田舎ではよほど珍らしい野球を、子規は内心得意になって教えた。

虚子はやや遅れて、級友の碧梧桐を介し、先輩子規を知った。将来は露伴のような大小説家になりたいと夢みていたそのころの、ロマンチックな少年虚子は、碧梧桐から子規の消息を知ると、たちまち文学少年らしい、生意気な文学論や短歌を書き送り、指導を乞うた。ひんぱんにとどく虚子の長文の手紙の中に、早くも文学的才能を洞察した子規は、そのつどていねいな返事を書いて、虚子を感動させた。例の兄貴的な性格を発揮し、彼はまたたく間に、虚子に俳句を教導してしまった。そして帰省の折には、二人の後輩を毎日のようにひっぱり出し、句作に熱中した。

「子規居士の返書は余をして心を傾倒せしめる程美しい文字で、立派な文章であつた。是《これ》から河東君と余とは争つて居士に文通し、頻りに文学上の難問を呈上した。……

子規居士は手紙の端にいつも発句を書いてよこし、時には余等に批評を求めた。余等は志が小説にあるのであるから、更に此発句なるものに重きを置くことが出来なかつた。而も近松を以て日本唯一の文豪なりと早稲田文学より教えられてゐたのが、居士によつて更により以上の文豪に西鶴なるものゝある事を紹介されて以来、我等は発句を習熟することが文章上達の捷径なりと知り、其後稍々心をとめて翫味するやうになつた。」

『子規居士と余』に書かれている、虚子の思い出である。ふだんは、学校には滅多に姿を現わさず、成績などはてんで気にかけることもなかった子規は、むしろ一所懸命学問に励む友人を軽蔑した。自分は図書館か、寮の汚れた部屋で句をひねっていた。金に余裕があると、旅行に出かけた。そんな無頓着な生活をすごしていた子規には、どこか年齢以上の風格がそなわっていた。いっぱしの大家のように見えた。そんな点もどこか頼れる先輩という感を、中学生の二人に植えつけた。

処女作

やがて大人物になる天分を備えていた子規も、喀血するまではさほど自分の将来を具体的に考えなかった。相変わらず俳句をやっていても、松尾芭蕉に継ぐ俳人になろうと考えていたのではない。あるいは俳諧研究に力を入れようと思っていたわけでもない。どちらかといえば、小説らしいものはいまだ一度も書いたことはなかったが、漠然と小説家を志していた。それが現実に喀血という衝激を受けると、いやでも将来を考えねばならなくなった。

いつまでものんびり学生生活をむさぼっているわけにはいかない。自分の一生がけっして長くないであろうという、まっ暗な厚い壁に突きあたり、彼は大決意を余儀なくされた。何をやるべきか——故郷の母の元で、病を養いながらゆっくりと考えた。東京では怠りがちな読書にも精を出した。

一方では悄然とし、一方ではしだいに野心を燃えあがらせた。そんな彼を刺激したのは尾崎紅葉と幸田露伴である。今までこの二人の新進作家と彼とは何の関係も有しなかったが、彼は羨望の気持ちを抱きはじめた。同年配の二人の作家は、次々と名作を発表し、巨匠たる名声はしだいに広がりつつあった。

彼はじっとしていることのできない焦燥を感じた。特に『風流仏』のような男性的な作品に魅了され、露伴に傾倒した。自分もぜひ露伴のような小説を書きたい、その一作を以て世に打って出たい、と考えた。

明治二十四年十一月、露伴の代表作『五重塔』が発表されるや、その気持ちは、もはやどうしようもなく堅固なものとなった。

なお子規は前年の九月、文科大学国文科へ入学していた。入学と同時に「俳句分類」の仕事を決意し、いよいよ実行に移そうとしていたのがちょうどこの時である。短い生涯をいかに意義あらしめ、後世にどのような功績を残すか、そう考えると、彼は「俳句分類」の偉業だけでは満足していられなかったと言える。

とうとう彼は、処女作「月の都」の執筆にとりかかった。長く住みなれた寄宿舎も、いざ創作にかかろうとすると騒々しく、家族の反対もなんのその、駒込追分町に一家を構え、「面会謝絶」の貼り札を出して、とじこもってしまった。『五重塔』が発表されてから、わずか一か月のちの、明治二十四年十二月である。

だが筆は遅々として、思うようにはかどらなかった。書き直し書き直しした紙くずが、十四畳の広い座敷に、ところ狭しと山の如く積み重なった。筆が進まないと、彼は俳句を作るか、松山の後輩に手紙を書いた。後輩たちは、彼等が師とも仰ぐ先輩が、今、大小説家になるための一作を書いているのだと考えるだけでも胸が高鳴った。夏目漱石は時々差し入れにおもむいた。呻吟《しんぎん》とした創作の日が続いた。

彼がこの処女作を脱稿したのは、翌年二月中旬である。脱稿するやいなや、彼は尊敬し、羨望する露伴を訪ね、そして批評を乞うた。

だが、不幸にも露伴は、これを推賞しなかったのである。

子規の落胆は絶望に近かった。彼は処女作が露伴の好評を得、たちまち出版され、小説家たる地位を確保するにちがいないという、過剰な自信を持っていた。それがみごとに、根底からひっくりかえったのである。自己の無知と無価値さを、生まれてはじめて思い知らされた。全身に煮えくりかえる憤激と屈辱とを感じた。

「相逢ふて談じ去り談じ来り抉窮まつて躍らんと欲す。事半は小説上なり。……貴兄等之を読んで何とか想像し給ふ。彼一句吾一句相笑ひ相怒り負けじ劣らず口角の沫を闘はせしものとや思ひ給ふらん。其実談じ去り談じ来るものは終始彼なり黙々又唯々たる者終始我なり。」

幸田露伴

この一件を故郷の虚子と碧梧桐に報告した、子規の手紙の一部である。

自分の弁舌を知っている君たちは、露伴を相手にとうとうと小説論や、文学論を得意になって話してきたことだろうと想像するだろう、ところが終始、話し続けたのは露伴であり、自分ではない。自分はただ黙々と露伴の話すのを聴いていただけである、の意味である。

穴があればはいってしまいたいような屈辱感と絶望感を味わった子規だが、この手紙は、きわめて客観的で冷静な態度を失っていない。

露伴を訪問した日、

鶯の奥に家あり梅の花

の一句を得て、大家と称される露伴のもとから、彼はすごすごとうなだれて帰ってきたのである。

「括著はまづ。世に出《いづ》る事。なかるべし」

冷静な彼の手紙も末行において、思わず、自分の感情を吐露した。俳句のような調べをなす一文である。

しかし、結果的に言えば、彼が処女作「月の都」で完敗したことは、彼のために良かったのである。その後、彼は再び小説家を志すようなことはなかった。自分には小説家たる才能の欠如していることを悟り、一途に俳句の道を進んでいく。

野望の鬼

子規の壮年時代（最も活躍した時代）は、「月の都」の創作に失敗し、意気悄沈したころから始まる。

退学

創作に失敗した子規は、半年後、これ以上学問するのはいやだと言って、大学を退学してしまった。直接の原因は、学年試験に落第したことにある。子規の退学については、親友で勉強家の漱石がさんざんなだめたり、すかしたりしたが、彼はなんと言っても自分の主張を変えなかった。

表向きの理由は「学問は試験のためにするのではない」というのであったが、事実は、すでに肺を冒されている子規は、漱石のようにのんびり学生時代を過していることができないと考えたのであろう。このころから彼の気持ちはいつも先へ先へと進みがちだった。

一日も早く天下に自分の存在を知らしめ、死後も自分の名前が永久に残るような大事業をやりとげなければならない——半年の間、昼も夜も、彼は悶々《もんもん》と考え続けた。その結果退学を決意したのである。

彼の退学は、彼を敬愛する松山の青年たちにすこぶる大きな影響を与えた。自分たちの先輩が平然と大学を中退し、現実の社会で活躍すべく新聞記者になったのであるから、我がごとのように驚喜した。まず彼らは、実力さえあれば、学歴など問題ではないという見識に敬服してしまった。なかでも、俊才といわれた碧梧桐と虚子が、子規の中退に刺激され、それから二年後の明治二十七年秋、二人そろって仙台第二高等中学校をいさぎよく退き上京する事件がおきると、あとからあとから退学志望者が増えてきた。

俳人の寒川鼠骨《そこつ》は、『正岡子規の世界』の中で、

「子規居士の一挙一動が、どれだけ後輩を刺戟し、事の善悪を問はず影響を与へたかは、殆ど他人の想像も許さない位であつた。」

と述べている。おかげで子規は、松山の父兄たちから非難を受け、「上京しても絶対に正岡子規なる人物に近づくな」という忠告を、父兄は我が子に与えたという。

子規は後輩から相談を受けるたびに、苦言を呈し、或いは親切な忠告を与えたりしたが、血気盛んな若者たちは、そんなことにひるむはずがない。しかもまっさきに退学の手本を見せ

未来の文学者を夢みた時代（前列右より3人めが子規）

たのが自分であり、自分を崇拝するあまりの申し出なので、徹底的に罵倒《ばとう》することもできず、彼はずいぶん苦しんだ。後輩たちは、ますます大っぴらに学問を怠り、退学した。

新聞記者

大学中退を決行した子規を受け入れたのは、日本新聞社の陸羯南《くがかつなん》である。羯南翁と子規の関係は、初対面の時以来、淡々とした交渉があしかけ十年近く続いていた。

このとき、子規はおそるおそる日本新聞社へ入社したい旨を申し出たのであるが、羯南翁は快く承諾し、編輯部に正式に採用されたのが明治二十五年十二月である。

子規は入社が決定する数か月前から、羯南のすすめによって、「かけはしの記」、「獺祭書屋《だっさいしょおく》俳話」、「岐蘇《きそ》雑詩三十首」などを連載した。これらの作品は別々の雅号を用いて発表したため、同一人と知る読者はほとんどいなかったが、しかしこの機会に、子規が文壇の一部で認められるようになったのは、確かである。

入社寸前には、「大磯の月見」、「旅の旅の旅」、「日光の紅葉」などの紀行文を発表している。羯南はこれらの作品には必ず目を通し、子規の才能を改めて認識していた。そんなことが原因で、入社もたちまち許され、彼は羯南から期待を寄せられていた。

入社が決定すれば、子規はまず松山の家族を東京へ呼ばねばならない。退学したからにはもはや寄宿舎へ戻ることも、常磐会の給費を受けるわけにもいかない。そうかといって、いつまでも叔父に頼っているのも申しわけない。今後は一家の柱となり、家計をまかなう必要がある。入社する前月、彼は母と妹を連れに、松山へ帰った。一家つれだって上京するのは初めてのことである。彼らは神戸や京都へ立ち寄った。彼の教育のために、これまで一歩も松山から外へ出たことのない母に対する、感謝の気持ちにあふれながら、彼は京都の町々を案内した。

入社後の彼に、最初に与えられた仕事は、そのころ少しずつ認められてきていた俳句を応用し、「俳句時事評」を書くことであった。

しばらくすぎたころ、日本新聞は、政府がイギリスとの条約改正の交渉を進めようとしているのを大きな問題とし、条約改正にあたっては、両国が完全平等でなければならないと紙面に書き立てた。そのためには、現行の条約をきびしく実行し、外国人にとっても、現行の条約がいかに不便なものかを知らせる必要があると解説した。そして条約励行運動を開始した。

ところが政府は、かえってイギリスに刺激を与えるのを恐れ、条約運動と、その活動の舞台となった日本新聞の発行を停止した。

それでは新聞社の経営が成り立たなくなる。そこで家庭向きの上品な姉妹紙、「小日本」を発行することになり、子規が編輯主任に選ばれた。

給料は増額されたが、目のまわるような忙がしさがやってきた。原稿の校閲、絵画の注文、募集俳句の選択、雑報まで、意志の強い子規は、一日中仕事に追われ続けた。

元来、彼はたいへん仕事熱心であった。おまけに責任感が強く、人なみはずれた意志力を持っていたので、ひとたび彼が仕事に没頭すると、誰も彼を追い抜くことはできなかった。

「人間は最も少い報酬で最も多く最も真面目に働くのがエライ人なんだ」

と、彼は考えていた。

「総理大臣が一万円の年俸で国家のために一万円の働きをしてゐる時に、幼稚園の先生が百円足らずの年給で国家のために百十円の働きをしてゐるとしたら、総理大臣よりも幼稚園の先生の方がエライとせねばならぬ」

後輩の鼠骨に与えた子規の忠告である。少ない報酬に甘んじ、人類に多く貢献する人間こそ、最も偉大な人間である、というのが彼の常に変わらなかった主張である。子規のこうした点に尊敬すべき人物であることを発見し、しだいに傾倒していった門下生はけっして少なくない。

「小日本」での多忙な生活は、およそ半年間続いた。発行停止となった日本新聞社の窮状を救っているという理由で、政府の圧力が「小日本」に及び、やむなく廃刊せざるを得ない事情となったのである。

子規庵

このころ、正岡家は後に「子規庵」となった下谷区上根岸町八十二番地、通称鶯横町に居を定めた。子規の文学活動の大半がこの家で為された。

子規庵は、昔、加賀百万石前田侯の別荘の敷地内にあった、別荘付きの武士を住まわせた家の一軒である。別荘は黒い板塀がえんえんと続いている中に、大きな庭園や能舞台まで作られた豪華なものであった。

年中、木立はうっそうと茂り、上野谷中の森に連らなっていた。椎、松、杉、檜などの常緑樹が多かった。春には鶯、秋にはつぐみなどが群をなして囀《さえず》り、夏には蜩《ひぐらし》が鳴いた。冬の上野の山の雪景色は、かくべつ美しかった。音無川の清流には鮒《ふな》や鯰《なまず》がいたし、川向うの日暮里《にっぽり》にはわらぶき屋根の農家が散在していた。一年中上野寛永寺の鐘の音が真近に聞こえた。

東京市とはいえ、このころの根岸は田舎らしい野趣にあふれていた。今はその面影は片鱗もない。

暁の団栗たまる戸口かな

月森を出るや上野の九時の鐘

茨さくや根岸の里の貸本屋

などの句や、

時鳥《ほととぎす》谷中の森や過ぎつらんあと追ひかけて村雨の降る

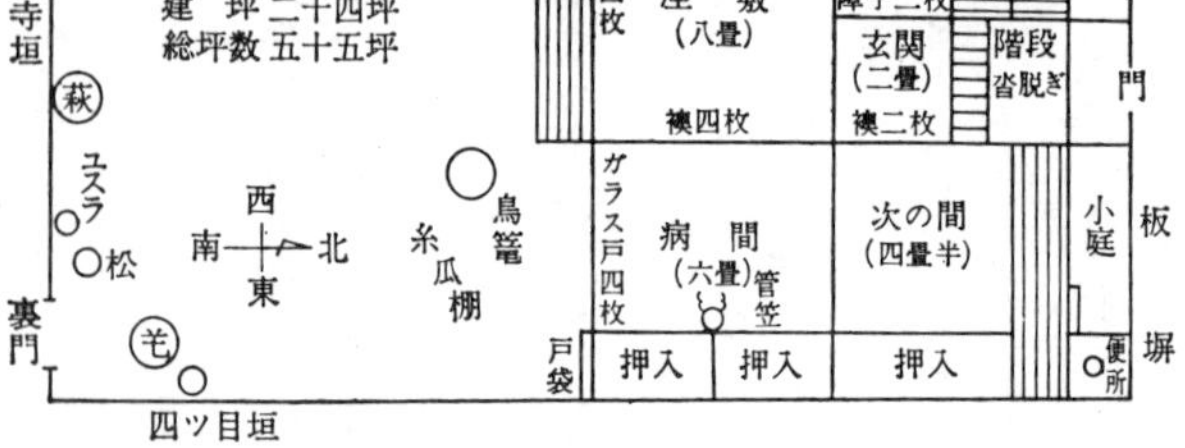

立ち並ぶ榛《はり》もけやきも若葉して日の照る朝は四十雀《しじゆうから》鳴く

などの短歌にも、そのさまが写生されている。

「上野公園を抜けて上根岸に到り大名屋敷の大門のやうなものを入つてしばらく小住宅の間を行くと右に竹垣があり、其の竹垣の三尺戸を押して入ると小庭があり、種々の草木が植ゑ込まれてゐる。其中をすぢかひに十数歩進むと、古ぼけた縁端があつて障子を開けばすぐ子規の病室に隣りし八畳の座敷であつた。……左に向つて入ればすぐ玄関先きの沓《くつ》脱ぎであり、障子をあくれば二畳の玄関、その右側が三畳の茶の間と水場であり、左側は四畳半の部屋、又玄関の奥が八畳の座敷で、其の左が六畳の部屋、この六畳が子規平生病臥するところで且つ書斎なのである。」

これは子規庵を見舞った柳原極堂の解説である。建坪はおよそ二十四坪余り、前ページの図と合わせれば、おおよそ見当がつくかと思う。

従軍

子規が夢中で発刊していた「小日本」が、廃刊せざるをえなくなったのと、ほとんど同時に、日本は日清戦争を巻き起こした。途端《とたん》に新聞社の有能な記者たちは、先を争うように大陸へむかって出発した。空っぽになった編輯《しゅう》部をあずかったのは子規である。

政論中心だった紙面はにわかに戦いの報道で埋められた。はなばなしい宣戦布告、平壌攻撃、黄海海戦、金州や旅順の占領など、号外の鈴音が絶え間なく街頭にひびき渡った。

日増しに国民の関心は、戦争に吸い寄せられていった。勇ましい軍隊の列が、靴音も高く通り過ぎる。新しい軍歌や日章旗が町にあふれた。人々は戦勝のニュースがとどくたびに酔いしれたようになった。

こうした光景を覇気《はき》のある子規が、黙々と見物していられるはずがない。自分の病状がけっして良くないことを十分に知りつつ、彼は無謀にも従軍の計画を立てた。虚弱な肉体の中に、熱烈な意欲が湧きあがり、彼はそれを自制できなかった。後に、自然主義文学者の中でも特異な作品を書いた国木田独歩は、国民新聞の特派員として、軍鑑千代田に乗船し、弟へ寄せる書簡形式の従軍記を連載し、有名になった。

従軍すれば、短い生命をいっそう短くするにちがいない。どんなに意志のたくましい子規も、戦場のまっ只《ただ》中では、激しい仕事に堪え抜くことは不可能であろう。

それにもかかわらず、彼は従軍を熱望し周囲を驚かした。生涯に再び訪れないであろう、この千載一遇のチャンスを見逃してなるものか、という堅い子規の欲求を、叔父や羯南翁も打ち破ることはできなかった。

日本新聞の仕事は、このとき、すでに退学して上京し、仕事のないまま遊蕩生活を送っていた碧梧桐に一任した。

従軍志願が正式に認められた夜、彼は虚子と碧梧桐に夕食をふるまい、別れぎわに何気なく告別の手紙を手渡した。長文にわたるので、ここでは引用できないが、その手紙は冒頭から、

「河東秉五郎君足下高浜清君足下」

と改まった書き方で始まり、

「僕若し志を果さずして斃《たお》れんか僕の志を遂げ僕の業を成す者は足下を舎《おい》て他に之を求むべからず足下之を肯諾けば幸甚」

で終わる、きわめて厳粛なものである。

死も辞さない子規の告別の手紙を読み終わったとき、二人の後輩は惘然自失し、しばらくはことばもなかった。

「事もなげに話した従軍に、それ程の決心を持つてゐたのか、といふ驚きと、不甲斐ない私達をさほど信頼してゐるのか、といふ感激の高調が二人の心の中に波打つた。……大きな志を抱いて、確かな計画を立てゝ、今日と言はず、今の一刹那もボンヤリしてゐないやうな、明敏な精励な先輩に、こんな重大な望みをかけた手紙を貰ふやうな資格がどこにあるといふのだ……穴でもあればはいりたい……今更自分の小さく弱いのが恨めしい位だ、のぼさんの期待の万分の一に酬《むく》いる為めにもうかく〳〵してをつてはならない、もつと勉強しよう、もつと気を張り詰めて居よう、考へれば考へるほど此頃の自分は何といふグウタラな

暮しをしてゐたのだらう……」

『子規の回想』に描かれいる、碧梧桐の気持ちである。子規の後輩によせるなみなみならぬ信頼を知って、今更のように恥ずかしさと責任を感じている、二人の様子がよくうかがわれる。

ではいったい、これほどまでに子規を戦場へ駆り立てたものは何であったのか。

どんなに彼の男性的な覇気がなさしめた行動とはいっても、死を覚悟したからには、それなりの理由があったはずである。

それは、ひとことで言えば、彼の経験主義が原因であった。前にも述べたように、子規は書物や学校の講義から学ぶものだけを、学問とは考えない人であった。むしろ、自分の眼が見、自分の耳が聞き、自分の手が実際に触れるものを、いちばんたいせつにする人であった。いわゆる経験主義である。死ぬまで宗教をもたなかったのもこんなところに原因がある。

経験をたいせつにする彼にとっては、従軍はたとえ命にかかわる難業であっても、それを実行することはごくあたりまえのことであった。日本海をへだてた大陸では、今、真実の戦争が行なわれている。そこでは人間が人間を殺し、あるいは傷つけ、多くの兵隊たちが憎悪に燃えて戦っている。日常考えているような、なまぬるさはどこにもない。一瞬の間に死ぬものは死に、残るものは残る。財産にも、学歴にも、身分にも左右されない、赤裸裸な人間像が、そこへ行きさえすれば見られるのだ。将来、どんなに熱望しようが、これほど残酷な、これほど危険な、これほど生々しい現実が再びやってくるだろうか。

彼は戦場における戦いというものを、目や、耳や、手や、身体全体で味わうために、戦場の空気を胸いっぱい呼吸するために、従軍を決意した。また、そこには自分の知らない、自分の想像すらできない何かが、あるはずだった。自分が憧憬し、尋ね求めている新しい芸術の世界というようなものが、必ず存在するにちがいない――と思われた。

明治二十八年四月、彼は日本をあとにし、旅順にむかった。ところが心配された子規の病気は、出発後わずか一か月にして再発してしまった。ようやく到着した大連から、彼はたった一度の砲声をも聴かず、帰国の途につかねばならなかった。船底の三等室は満員であった。喀血しても血を吐くところがない。彼は周囲の人に遠慮する気持ちもあり、血を口にふくんだまま飲みこむより仕方がなかった。喀血しては飲みこみ、喀血しては飲みこみする夜が幾晩か続いた。そのために食欲がなくなり、胃を悪くした。上陸すると、ただちに神戸病院へ向かった。重い荷物をかたわらに置き、疲労のために動けなくなって波止場にしょんぼり休んでいた彼の姿を、大毎新聞の従軍記者、相島虚吼が見るに見かねて、病院へ送りとどけてくれたのである。

「私は恐ろしいものに近づくやうに足音を立てず廊下を歩いて行つた。さうして今受附で聞いた番号のドアをかすかにノックした。やがて内からドアが開いた。其処《そこ》には一人の年とつた女が立つて居た。それは見るからに愛嬌の無い五十くらゐの女であつた。

「正岡の部屋は！」

と聞くと、女は頷《うなず》いた。中に入つてみると子規は寝室に向ふ向きに寝てゐて、今蒼白い手を挙げて女を招いてゐるところであつた。女は心得てコップを子規の口に当てがつた。子規はそれに八分目許りの血を吐いた。私がそばに行くと子規は私に目でものを言つた。さうして幽《かす》かな声で、

「ものを言つてはいけないのだ。」

と言つた。

ちょうどそのとき、京都に滞在していた虚子が、まっさきに子規を見舞ったときの最初の印象である。続いて家族、親類、友人たちが見舞いにかけつけた。一日に数回も血を吐き、主治医は危篤と報告したほどである。まる二か月の間、虚子と碧梧桐は、この強情で傷ましい先輩の傍から離れなかった。日の出に露を踏んで苺《いちご》をつみにいったり、愛敬のない看護婦とわがままな病人のなかをとりもったりした。

ようやく死をまぬがれた子規の従軍事件は、十を失って一も得る所がない、悲劇的な結末をもって終了した。子規はさらに余命いくばくもないことを悟った。終日、ベッドの上で動揺に動揺を重ねる日が続く。

七月末、子規は退院の許しが出ると、静養のために須磨保養院へ移った。虚子が同伴し、四、五日を過した。二十八歳の子規の内部では相変わらず野心が火のように燃えていた。今後は今までよりも、さらに俳句に全力を傾倒しなければならない——快方にむかいつつある子規は、早くも仕事の上に思いを馳せる。いつ眼前に死が来るかわからない。一日も安穏としていることはできない。このときから切実な問題として、彼は自分の仕事を後継する人物を考えはじめた。不幸で苛酷《かこく》な死を思えば思うほど、野心を滾《たぎ》らかせば滾らかすほど、彼は後継者という大きな問題に行きつかざるを得なかったようである。

須磨保養院で子規は初めて「後継者」ということばを口にし、虚子を驚かせた。(子規は漠然と、二、三年前から虚子を唯一の後継者と考えていたらしい) 虚子は心中でそれを拒んだ。しかし、子規の病状や、悲しみと焦燥の入りまじった気持ちを考えると、どうしても後継者を辞退するにしのびなく、

「やれることならやつてみませう」

と、さりげない返事をした。やがて、虚子のこの返答は、有名な道灌山の決裂に発展する。

当時、夏目漱石は『坊っちゃん』の舞台になった松山にいて、中学校の英語教師をしていた。須磨保養院を出た子規は、松山市二番町の上野という老夫婦の離れに住んでいる漱石の下宿へ転がりこんだ。下宿は小じんまりとした二階家で、下が六畳と四畳半、二階が六畳と三畳で、窓からは緑の美しい城山が眺められた。子規はこの階下の方を陣取り、一か月の間ゆっくり病を養った。文句なく漱石は二階へ追いやられた。

最初は子規が来れば、孤独をまぎらすことができるだろうと呑気《のんき》に考えていたが、いざ子規が来てみると、てんやわんやの騒ぎである。子規の見舞いをかねて、松山の俳人たちがどっと押しかけてくる。柳原極堂、村上霽月《せいげつ》、伴狸伴《りはん》、下村為山《いざん》などといった連中が、ひっきりなしにやって来て、運座をやっている。迷惑そうな顔をしていた漱石も、とうとう彼らに負けて俳句をおぼえた。漱石が俳句を作るようになったのはこのときからである。余分のお金など持っていない子規は、ここで漱石から小遣いを貰《もら》ったり、さんざんおいしいものを食べ、支払いをそっくりそのまま漱石にまかせたりした。上京のときは汽車賃も出してもらった。漱石のあたたかい友情を彼はしみじみと味わったのである。

虚子との決裂

従軍に失敗した年の十二月のある日、子規は虚子を誘って道灌山へ出向いた。漱石の下宿から東京の子規庵へ帰って、ひと月ほどあとのできごとである。子規はこのころから腰部に脊髄炎を併発していた。ただでさえ、腰に痛みを感じるのに、木枯《こがらし》に吹かれ、いっそう痛みを憶えた。苦しそうな歩き方であった。

虚子は、子規の動静から察して、子規が内心に考えているのは、後継者問題にちがいないと察しをつけている。二人は、山を登りきった茶店に腰をおろした。

「どうかな、少し学問が出来るかな」

まず口を切ったのは子規である。彼は須磨で自分の後継を虚子に依頼して以来、もうこの問題に関しては、決定したものと安心しきっていた。ところが虚子は、気持ちを入れかえて勉強しているような様子はまったくない。だんだん自分から離れて行こうとしているかにさえ見受けられる。今日、虚子が彼を訪問してきたのも、彼がはがきを出したからであった。

短気な子規は虚子の返事も待たずに話しだした。「後継者」としての責任を持って、なぜ勉強しないかということを、微に入り細に入って質問した。自分の命はあと二、三年しかないのだという焦燥が、いっそう彼をいらだたせていた。

話は三時間も続いた。長い沈黙が幾度もおとずれた。ときどき、子規がしゃべった。虚子はひややかな気持ちで、彼の唇《くちびる》の動きを眺めていた。弱冠二十二歳の健康な若者虚子に、どうして子規のせっぱつまった気持ちを理解することができただろう。

「私《あし》は学問をする気は無い」

虚子は鋭い詰問をあびせかける子規にむかって、とうとう本心を吐き出してしまった。

「それではお前と私とは目的が違ふ。今迄私のやうにおなりとお前を責めたのが私の誤りであつた。私はお前を自分の後継者として強ふることは今日限り止める。詰り私は今後お前に対する忠告の権利も義務も無いものになつたのである」

「升さんの好意に背くことは忍びん事であるけれども、自分の性行を曲げることは私には出来無い。詰り升さんの忠告を容《い》れて之を実行する勇気は私には無いのである」

これ以上、二人は交わすべきことばがなかった。子規は心の中に燃えあがるような憤りを感じながらも、虚子にこのほか何も言うことはなかった。

彼は煮えくりかえる、一種ことばではいいあらわしがたい気持ちをじっと押さえ、静かに立ち上った。暮れやすい冬の日が、はや傾きはじめていた。彼は前よりもいっそう苦しげに、道灌山を下りていった。

決裂の結果は、子規を絶望の淵へ追いこんだことは言うまでもない。すでに承諾したものと決めていた後継者が、これほどあっさりと冷酷に背をむけて自分から離れ去ってしまうとは――。

けれども事実ははっきりと拒否したのである。これからは自分だけを信じ、命が尽きる最後の日まで、独力で奮闘する以外取るべき方法がない。その夜、彼は憤怒のために眠ることができなかった。考えれば考えるほど腹が立った。しかたなく、戦地におもむくために広島にいた五百木飄亭《いほぎひょうてい》にあてて、長文をしたためた。

「吁《ああ》命脉は全くこゝに絶えたり虚子は小生の相続者にもあらず小生は自ら許したるが如く虚子の案内者にもあらず小生の文学は気息奄々《えんえん》として命旦夕《たんせき》に迫れり今より回顧すれば虚子は小生を捨てんとしたること度々ありしならん小生の方にては今日迄虚子を捨つる能《あた》はざりき親は子を愛せり子を忠告せり然《しか》れども神の種を受けたる子は世間普通の親の忠告など受くべくもあらず子は冷悧也親は愚痴也小生は箇程《かほど》にまで愚痴ならんとは自ら知らざりき」

これは飄亭に送った彼の手紙の一部である。自分の真似をして退学し、その後は無意味な日々を過している虚子に、文学者となるためには基礎的な修養が必要であることをくり返し説明してきた、彼の自嘲である。同じく文学者を志望しても、虚子はいやな学問までして文学者になろうとは思っていなかった。子規はそういう虚子の気持ちを、この日初めて知った。それと知らずに世話してきた驚きと失望とが、自嘲の気持ちに変わったのは、むしろ当然のことである。飄亭にあてた手紙の結末には、

「今迄でも必死なりされども小生は孤立すると同時にいよ〳〵自立の心つよくなれり」

と決意のほどを伝えている。

かくして子規は、一方では病魔と闘い、一方では文学のために奮闘することとなった。では、彼に嘱望《しょくぼう》された虚子は、なぜ後継者となることを拒んだのであろう。虚子は子規が煩《わずら》わしかったのである。絶えず自分の行動を監視している子規の眼には、もうあきあきしていた。何をしてみても子規に束

縛されている不自由さを痛感した。ちょうど、木にしばりつけられた犬が、そのひもの長さだけ動きまわることができるが、それ以上はどんなに望んでも自由になれないのと同じように、行動範囲が限定されているうえ、勉強しろとかなんとか、口うるさいほど忠告する。そういう子規からのがれて自由な天地を闊歩《かっぽ》し、思う存分翼をひろげてみたかったわけである。自分を後継者と頼む子規の気持ちは、一応わからぬわけでもないが、後継者となれば、ますます束縛されるにちがいない。虚子は子規の束縛を極度に恐れていた。

「余は一人になつてから一種名状し難い心持に閉されてとぼとぼと上野の山を歩いた。居士に見放されたといふ心細さはもとよりあつた。が同時に束縛されて居つた縄が一時に弛《ゆる》んで五体が天地と一緒に広がつたやうな心持がした。今一つは多年余を悔誡し指導する事の上に責任と興味とを持つてゐた居士に今日の最後の一言で絶望せしめたといふ事に就いて申訳の無いやうな悔恨の情もこみ上げて来た。」

道灌山で決裂をきたした日の、虚子の回想である。虚子は、晩年にいたるまで、子規を絶望させたことは悪かったが、その日の自分の返答は正しかったと述べている。

虚子の背反に激情した子規にも、執拗《しつよう》な束縛から逃げようとした虚子にしても、それなりの正統な理由があった。どちらが悪いとか、正しいとかは決して言えない。

ただ、病魔のために将来に大きな夢を描くことができず、深い孤独と闘わなければならなかった子規の悲しみは、同じような経験を味わった人間でなければ、とうてい理解すること不可能である。それだけに、虚子に拒否されたのは、たいへんみじめなことであった。

余談になるが、虚子は後継者たることを辞退したものの、この事件で深く心に期するものがあった。異常なほどに学問、名誉、野望に燃える子規に比較すれば、彼はいかにものんびりした、意志薄弱な人間のような感じを与えるが、彼も普通の人と比較すれば、意志強固であった。また、かなりの名誉心も持っていた。そのことは、たとえば、後に雑誌「ホトトギス」を独力で晩年まで編集したことによっても明白である。また、子規の仕事を後継する意志がないといった虚子は、子規が悪戦苦闘のはてに死んだあとは、自ら進んでそれを引き継ぎ、近代俳句界の最も重要な地位をしめるにいたっている。

俳句革新

いよいよ子規の文学との闘争の時がやってきた。悲劇的な決裂のうちに明治二十八年が終わると、翌明治二十九年、俳句革新の仕事が始まる。

ここ数年来、がむしゃらに試みた句作により、子規は句作方法がいかになされねばならないかを発見する。多作主義だとどうしても月並（平凡、陳腐、卑俗の意）の句が多くなる。新しい時代にふさわしい新しい句を作るには、まず月並を脱皮しなければならない。子規は仲間の誰よりも早く句作を試みたが、師と仰ぐ人がなかったので、自分で自分の句を批評し、良悪をつけ、さらに精進する以外進歩する方法がなかった。

「月の都」創作前後に着手した「俳句分類」の仕事により、彼は松尾芭蕉以後の江戸時代の俳諧が、漸次卑俗《ひぞく》な趣味に流され、江戸末期から明治初期にかけては、もはや俳諧は滅亡したと同じほど、低級になりさがっていることを知った。事実、当時の俳諧は、芭蕉が晩年にいたってようやく到達しえた、「わび」や「さび」という高度な理念とはほど遠く、教養も学問も才能もない俳諧の宗匠たちが、あきもせず、陳腐な句を作っていた。彼等は宗匠という肩書きで生活していたせいもあって、彼等の俳諧は純粋な文学や芸術からは相当にかけ離れてしまっていた。

　それらの句には、感情に迫るものがない、着想に新鮮さがない、きまりきった用語しか用いない——子規が不満としたのはそういう点であった。さっそく子規は、日本新聞に「獺祭書屋俳話《だっさいしょおくはいわ》」という随筆風な俳話を発表し、旧派宗匠に対する攻撃の第一矢を放った。明治二十五年のことである。であるから、俳句革新はこの明治二十五年に始まると考えられないこともない。

　子規を中心とする新しい俳人グループが文壇の一勢力とみなされたのは、明治二十九年である。一度は激憤して涙を流した子規であったが、怒りがおさまるとやはり後輩を労《いた》わる気持ちを忘れなかった。「日本人」誌上で碧梧桐や虚子の句を誉《ほ》め、「日本」紙上では、「明治二十九年の俳句界」と題する論文を連載し、この二人のほか、露月、極堂、牛伴(為山)、把栗など後輩の句を評論して、わが党の旗をひるがえした。その後、子規派の俳句は「日本派」と呼ばれ、他の雑誌や新聞でも、こぞって日本派俳句を掲載しはじめた。

赤い椿白い椿と落ちにけり　碧梧桐
妻の手や炭によごれたるを洗はざる　碧梧桐
しぐれんとして日晴れ庭に鵙来鳴く　虚子

窓の灯にしたひよりつ払ふ下駄の雪　　虚子

「明治二十九年の俳句界」で子規に推賞された碧梧桐と虚子の句の一例である。碧梧桐の句は印象鮮明な点を、虚子の句は時間的経過をうまく句にした点を誉めている。

子規に誉められた虚子と碧梧桐はひじょうに驚いた。自分たちを拒否したかにみえた子規のおかげで、俳人としての名が知れわたり、身辺がにわかに忙がしくなった。句会が多くなり、俳書の出版が始まり、俳句雑誌もできた。学問するのがいやだいやだと口癖のように言っていた二人も、新聞や雑誌から原稿を頼まれればいやとは言えない、原稿を書くには勉強の必要がある、というわけで、子規より露伴を崇拝し小説家を志望していた二人は、しだいに俳人たる名声を身につけ、再び子規との親交が深まっていった。

賢明な子規はこのように、まず自分の後輩を推賞することにより、おのれの存在を世間に知らしめ、同時に日本派俳句の足場をしっかりと一歩一歩築きあげていった。一歩の足場をかためると、次の一歩のためにさらに勉強した。「俳句革新」という目標をがっちりと据え、一心不乱に突き進んだ。そして時たまふり返って後輩を励ました。五百木飄亭は『子規言行録』の中で、そういう子規について次のように述べている。

「当時我輩等の頭は尚ほ軟弱で、彼が今日の成功などは思ひもよらず、己れ亦実に文学を以て一方に雄飛しようなどという堅固な信念もなかつたけれど彼は既に其強き自信により確然と足場を踏み占めて居たので、且つ我輩どもを率ゐて自己の勢力下に引廻してやらうと思ふて居たらしい……我輩どもを鞭撻すること亦た一通りでなく、盛んに読書をすゝめ、修養を説き教へつ励ましつ、自己が前途に猛進すると共に、一面常に後を顧みつゝ、来れ〳〵と我輩どもに手招きをして居たのである。」

ホトトギス発行

ちょうどそのころ、柳原極堂は松山の地にあって「ホトトギス」を創刊した。「ホトトギス」というのは、「子規」(ほととぎす)の名前をそのまま命名した、子規派の俳句雑誌である。

極堂は松山で海南新聞の記者をするかたわら、松風会の一人として俳句を作っていた。松風会は子規が病気を養うために漱石の下宿へ転がりこんだ時に、子規を中心に句作に励んだ地方俳人たちがおこした結社の名称である。松風会は、子規が上京したあとも活動を続け、月並俳句会に対する新派の俳句会として松山ではかなり有名になっていた。

東京から送られてくる、日本派俳句に関する新聞や雑誌を読み、極堂は子規のために奮起する覚悟をし、「ホトトギス」発刊を思い立った。極堂は新聞社に勤務しているのだから、雑誌を作るには仕事のしやすい立場にある。原稿は東京の俳人たちに依頼し、きわめて単純な、三十ページ足らずの「ホトトギス」第一号を発行したのは明治三十年一月である。およそ一年半の間、極堂は仕事の余暇を利用し、こつこつと「ホトトギス」発刊を続けた。なんといっても新しい日本派俳句を唱導する専門雑誌は、全国に「ホトトギス」だけなのだから、読者の範囲も目に見えて増加する。雑誌の使命はそれだけ大きくなる。部数や頁数もしだいに多くなった。仕事が煩雑になり、編集に費やす時間は余暇をうまく利用するだけでは足りなくなる。原稿の依頼や内容の相談も手紙に書いて松山と東京を往復していたのでは日数がかかる。そこで翌明治三十一年秋からは、虚子が編集を担当することに決まり、「ホトトギス」を東京へ移した。事務や営業に関したことは、虚子一人が受け持った。編集に関しては子規と相談した。

そのころ子規は、すでに年中家の中で寝ていた。

脊髄炎の腰部には時たま堪えられないほど、疼痛が押し寄せた。病床から一歩も動けぬ身でありながら、彼は「ホトトギス」東上にすこぶる大きな期待を抱き、内容はもちろんのこと、広告にいたるまで細かな配慮をおこたらなかった。虚子の意見を聴く以上に、自分の意見を頑固に主張し、虚子を失望させることもままあった。多数の門下生の寄稿も彼が読めば気に入らず、大概没書にした。そして雑誌の半分くらいの分量は自分が受け持つつもりで、せっせと夜遅くまで筆を動かした。

「二人は毎日のやうに手紙を往復した。手紙で間に合はぬことは彼の病床で協議された。Kは三日にあげず御院殿の坂を下りて来た。

上野の森には野分が吹いてゐた。暑さが今日の野分で一時に退くであらうと誰もが心頼みにしてゐた。

野分して蟬の少なき朝《あした》かな

と彼は折節の即景を句にした。其朝もKは来た。

「御院殿の坂の上の大きな杉が一本折れて居つた」とKは話した。

「今朝も人が来てお廟所《たまや》の近所にも大分倒れ木があると言ふとつた。ひどい風であつたな」

と彼は愉快さうな晴々した顔をしてKを迎へた。

「雑誌は愈々《いよいよ》六十四頁にして定価を十銭にすることにしたがな」とKは報告した。

「さうかな。なるべく廉《やす》い方がよかろうと思つとつたのぢやが、十銭ならえゝわい。」と彼は答へた。」

虚子の『柿二つ』に描かれている、「ホトトギス」発刊準備中の、いかにも楽しげな子規の様子である。

「彼」は子規であり、「K」は虚子である。

小夜時雨《さよしぐれ》上野を虚子の来つゝあらん
虚子が連絡に訪れるのを今か今かと待っている子規の句である。

二年前、道灌山の決裂で、今後は虚子を頼りにしないと誓った子規だが、なぜか虚子を見捨てるわけにはいかなかった。「虚子は自分の後継者ではないのだ」という強い考えが、彼の頭を掠《かす》めなかったわけではない。しかし、母と妹のほか妻も子も弟もない身には、いつの間にか、虚子を弟やわが子のように考えた、過去の思い出が頭によみがえってきた。子規にとっては、虚子が自分のもとから離れることは、ちょうど子どもが親のもとから離れていくと同じほど、危険なことに思われた。彼は虚子がどんなに嫌っても自分から突き放そうとは、決してしなかったのである。

「ホトトギス」東上の一件を言い出したのは虚子である。その時子規は、実はひじょうに驚いたのである。あまり突然なせいもあった。彼はゆっくり考えた。もし、自分がそれを謝絶すれば、虚子は自分には一言もなく発行を断行しそうな気配が感じられた。虚子はこのしばらく前に、彼に相談もなく俳人とは無関係な下宿営業をしでかし、二か月ほどで嫌気《いやけ》がさし、廃業したばかりだった。子規はこの噂を聴き、立腹しつづけていた。あきっぽい虚子のことだから、雑誌発行が長く続くかどうか怪しまれた。あるいは失敗するかもしれない――日頃遠ざかっていた虚子が、彼の援助を必要とする時ばかり、訪ねて来るのもしゃくにさわった。彼はいろいろと考えあぐねた。また一方では、

「中央の文壇に自分の機関雑誌が一つ位はあつてもいゝ」

というのが、日頃の彼の希望でもあった。明日をも知れない身ではあっても、彼の野心は容易に衰えようとはしない。それどころか、かえって強く燃えたぎる。機関雑誌を持ちたいというのも、野心のあらわれに相違なかった。

そうは言っても短気な子規には、反面とても辛抱強いところがあり、自分が言い出す必要のないものは決して口にしなかった。チャンスがやってくれば、自分が言い出さなくとも周囲の誰かが必ず言い出すにちがいない――子規は忍耐づよく待っていた。

今や、その長く望んでいたチャンスが到来したのだ、一度チャンスを見出した以上、それをのがすような人間ではない。彼はけっきょく、弟と頼む気持ちにひきずられるまま、虚子の申し出を受諾したのだった。

かくして、「ホトトギス」は、明治三十一年十月号より東京で発刊されることになった。小規模な同人雑誌の体裁をでなかった「ホトトギス」は、一躍、商業雑誌として生まれ変わった。内容はこれまでの俳論、俳評、俳句以外に、俳文、和歌、新体詩、美術文学の批評などが加わり、編集範囲が広がった。刷新第一号の「ホトトギス」初版千五百部は、発売当日に売り切れてしまった。その日のうちに五百部の再版が決められた。

果たして売れるのだろうかと案じていただけに、子規も虚子もその盛況ぶりが信じられないような心持であった。まるで夢の中のできごとのような気がした。

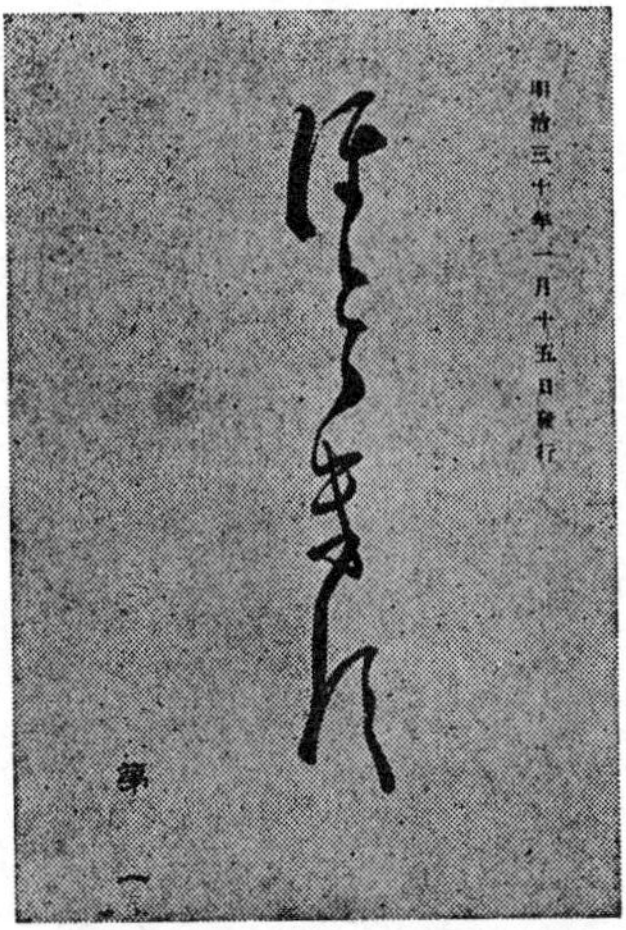

松山版ホトトギス第1号（表紙）

孤独

「其夜Kは、手紙だけでは物足りなかつたので車を飛ばして根岸へ行つた。

彼は淋しい明るいランプを枕頭《まくらもと》に置いて仰臥しながら一冊の書物を読んでゐた。彼の心は雑誌に就いての浮立つた喜びからもう疾《とう》に離れて、静かに杜詩《とし》を読んでゐた。落着いた眼は徐うにKを迎えた。」

これは、雑誌発売当日の夜の子規を描いた、『柿二つ』の中の文章である。虚子（K）はうれしさのあまり、子規を訪ねたのであるが、子規はもうそんな喜びなど忘れてしまったかのように、読書していた。

ここにも、余命いくばくもない子規の勉強ぶりがよくあらわされている。彼は、しばしの時間も無駄にはできなかった。雑誌の編集のためにうきうきしていたこのころの子規の肉体では、そんなこととは無関係に病気は悪化するばかりであった。近い将来、死がやってくるだろうことは間違いなかった。

「冷たい汗がだん〲と腋《わき》から流れた。自分はもうすぐ死ぬるのではないかといふやうな心持ちがした。呼吸が迫つて来た。此儘《このまま》呼吸《いき》がとまるのではないかと思ふとぢつとしてゐられなかつた。彼は声を上げて妹を呼ばうかと思つたが、老いたる母を驚かすに忍びぬので口迄出た呼び声を嚙みしめた。歯ががた〱と慄へた。

彼は今熱が高いのであるか、其れとも熱が低く過ぎて虚脱に陥りかけてゐるのであるか、何れかを思ひ惑うた。枕許を探ぐると体温器が手に当つたので彼は慄へる手で其れを腋に挟んだ。つとめて大きな呼吸をして見た。」

やはり『柿二つ』の中の、子規の病状を描写した部分である。恐ろしいほどの病魔との格闘である。門下生はみんな帰宅してしまった。母や妹も眠ってしまった。静かな、もの音ひとつ聞えない深夜である。誰一人こうした真夜中の自分を理解できるものはいない。絶望的な孤独が襲ってくる。その孤独と闘わねばならないのは、いつも自分一人だ。彼は、高熱と孤独にうちのめされ、今にも死にそうにもがいている、もう一人の自分自身と、ねばり強い対決を続けなければならなかった。そしていつもへとへとに疲れてしまうのである。考えが自然に死の問題にむかっていく。病状が比較的安静な時は、さほど恐ろしくもない死が、時として安静を失うと、重く暗く彼の上にのしかかってくるのだった。孤独と死の恐怖のどん底で、彼は幾度も幾度も、もがき苦しんだ。

短歌と文章の革新

俳句革新の事業がしだいに世間に認められてくると、今度は短歌革新に着手した。俳句革新だけでは、子規の文学への情熱は、とてももの足りなかったのである。

明治文壇での短歌革新は、明治二十年代、俳句革新よりもひと足早く、落合直文の「浅香社」結成と同時に開始された。直文は当時、新派歌人として人気があった。しかし直文は、本領は国文学者であって、決して短歌革新に熱意をしめしたわけではない。なだらかで平易にとどまる直文の短歌には、新時代の息吹きや情熱は感じられず、古語を使った典雅流麗な古今調か、与謝野鉄幹や*鮎貝槐園《あゆがいかいえん》の影響をうけた、「ますらおぶり」の歌があるにすぎなかった。

さわさわと我が釣り上げし小鱸《すずき》の白きあぎとに秋の風ふく

*鮎貝槐園、歌人。落合直文の実弟。明治二十六年兄の直文が浅香社を結成した時の社友の一人。鉄幹とともに新派和歌に力を入れたが、和歌よりもむしろ、文章にすぐれていた。

緋縅《ひおどし》のよろひをつけて太刀はきて見ばやとぞおもふ山ざくらの花
馬屋《まや》のうちに馬のもの食ふその音も幽《かす》かに聞ゆ夜《よ》や更けぬらむ

このような平板で、深みのない歌が直文の代表的な短歌である。それでも当時としては新鮮な方だったから、江戸末期から明治初期にかけての短歌は、どれほど無味乾燥なものが多かったか、容易に想像できるであろう。

俳句革新を唱え、月並俳句から脱皮した意気盛んな子規は、短歌革新をもめざさないではいられなかった。彼は明治三十一年、「歌よみに与ふる書」と題して、彼の新しい歌論を十回にわたり連載した。

子規はかつて、「小日本」の編輯主任をしていたころ、たまたま画家の中村不折や下村為山に出会った。彼等は美術学校設立のために来日していた、イタリアの画家アントニオ・フォンタネージの門下生小山正太郎画伯の弟子である。不折と為山はこの時以来、子規の友人ともなり、子規が没するまで深い親交が続いた。

ある時、この不折が子規にフォンタネージの写生理論を話して聴かせたことがあった。フォンタネージの写生理論というのは、簡単にいえば「画家の目的は天然物、人造物を模写することに」あるというものである。

子規はこの写生理論にひどく感動し、それ以後は、文学においても「写生」が最も大切であると力説するようになった。俳句で重きをおいたのも写生であり、短歌で重きをおいたのも写生である。(子規の写生論

については、第二編で詳しく説明したい）

子規の「歌よみに与ふる書」が発表されると、たちまち彼のこの歌論に傾倒した歌人は少なくない。なかでも、長塚節や伊藤左千夫は、子規の歌論を熟読し、それだけでは我慢しきれず、子規庵を訪れ門下生に加わった。

節は茨城県結城郡の農家に生まれた。まだ二十歳の病弱な青年であったが、故郷からの道を遠しともせず、子規を敬慕するあまり根岸の子規庵に通ってきた。そして子規の不治の病にいたく同情し、故郷や旅先から彼がよろこびそうな食物を贈った。左千夫は左千夫で、千葉県山武郡の同じ農家に生まれ、上京して牛乳搾取業を営んでいたが、明治三十三年正月、子規が日本新聞で募集した「新年雑詠」に入選すると、ただちに子規を訪問し、門下生となっている。

歌人の門下生がふえるにつれ、これまで句会や、蕪村句集講義が開かれている子規庵では、歌会も開催されるようにな

子規庵のつどい

った。節や左千夫のほか、岡麓《おかふもと》*、香取秀真《かとりほつま》**などの歌人が生まれた。

ところで子規が絵画の写生理論を応用したものに、俳句、短歌のほか、もうひとつ文章がある。この功績を一般には、文章革新、あるいは写生文創始と言われている。

彼は、青年時代に小説家にならんと欲し、呻吟としながら処女作「月の都」を書いたほどなので、夢破れ、小説家にはなれなかったにしろ、文章には多大の関心を抱いていた。そこで、短詩型文学において写生に成功した彼は、文章にもそれを適用し、眼に見たままの自然や人事を、そのまま描けば、きっとおもしろいものができるに違いないと考えた。

「ホトトギス」刷新第一号には、彼の「小園の記」という文章が掲載されている。これは、彼が病床から眺めた子規庵の小さな庭の光景をスケッチしたものである。

また、同じ「ホトトギス」には、虚子の「浅草寺のくさ〴〵」という文章がある。これは子規の言に従い、手帳と鉛筆を持って、虚子がスケッチしてきた文章である。浅草寺の境内で虚子の眼に映ったものや、事件が次々と文章に書きあらわされた。ちょうどその様は、画家が郊外へ写生に出かけるのと似ている。そんなことから、「文章を写生しに行く」ということばも、新しく生まれた。

* 岡　麓（一八七七〜一九五一）　歌人。明治三十二年正岡子規の門下となり、根岸短歌会の一人として活躍。子規歿後、一時作歌を離れたが、大正五年より再び「アララギ」によって活躍、伝統的な短歌を得意とした。

** 香取秀真（一八七四〜一九五四）　鋳金家、歌人。明治三十二年子規門に入り根岸短歌会にて活躍。子規歿後も作歌をつゞけたが、歌壇では地味な存在であった。

「小園の記」と「浅草寺のくさぐ〱」は、読者にたいへん人気を博したので、気をよくした子規は、これを直接的動機とし、写生文を主張した。作者の主観や感情を入れず、眼に触れた光景をそのまま記したものが写生文である。したがって、「浅草寺のくさぐ〱」は写生文の濫觴《らんしょう》と言える。

子規は、常磐会寄宿舎で、相手かまわず俳句を作らせたように、門下生たちに、今度は写生文を書かせた。俳句や短歌は作っても、文章を書いたことのない門下生は、びっくりした。しかし彼はそんなことに頓着しない。子規庵へ顔を出す者をとらえては、文章を書け文章を書けとしきりにすすめた。

たちまち子規庵では、写生文を鼓吹《こすい》する目的で、文章会が開かれるようになった。句会には俳人たちが、歌会には歌人たちが集まったので、同じ門下生でも一同が会し、談笑しあう機会がなかった。ところが今度は全員が出席する。俳人側も歌人側もしだいになごやかに話し合うようになった。

文章会は、それぞれ前もって創作してきた原稿を、一人ずつ朗読し、読み終わると出席者の批評を聴くという方法ではじめられた。けれども、文章に自信のない人たちは、他の文章を批評できるはずがない。たいていは、子規が一人であれこれと欠点を並べたてた。

その中で比較的子規の好評を得た文章を、翌月の「ホトトギス」に掲載することとなった。それが励みとなり、しだいに熱心に文章を作るようにもなった。

そのうち、子規が

「文章には山がなくてはいかん」

と言い出した。山とは、最も感興があるところ、すなわち、クライマックスというような意味である。

「一句〱は余程苦心してある様だがどうも全体に山が一つもないからいかんといふ事を嚙《か》んでふくめる様に説明された。サア分らない山といふのは何の事だか一向に分らない。大に不腹《ふふく》を中立てる積りで往つたところが豫《かね》て聞いた事もない山だの何だのと出られたので却《かえ》つて張合が抜けた様な心持で先づ山とは何の事かと説明を仰がねばならぬ事になつた。……それから以後といふものは寝ても覚めても山の研究にうき身をやつして居つたが少しづつ訳が分かるに付けて子規子の批評は徒《いたず》らに僕の文章を罵《ののし》るのではなく、チヤンと一定の標準があつてそれを僕に教へて呉れるのだといふ事に気が付いた。」

これは、俳人で写生文家となった四方太が、初めて「山」ということばを聴かされ、めんくらった時の回想である。

とにかくこんな調子で、まったく文章には興味のなかった門下生に、子規は写生文を書かせたのである。もちろん、病床六尺の小さな世界で、彼もせっせと文章を書いた。これが写生文の創始である。文章会はその後「山会」と呼ばれるようになった。山会は子規逝《ゆ》き、虚子逝ったあとの現在でも、「ホトトギス」同人の間でおこなわれている。

写生理論を文章にも応用するという、子規の秀れた卓見で、写生文ができ、虚子、碧梧桐、四方太、鼠骨などの写生文家が誕生した。また、虚子の『柿二つ』、左千夫の「野菊の墓」、節の「炭焼の娘」「芋堀り」『土』なども、山会で文章修練の結果生まれた作品なのである。

闘病のはてに

——短く、たくましく——

林檎《りんご》食ふて牡丹の前に死なんかな

危篤《きとく》　明治三十二年五月、子規はにわかに病状が悪くなり、三十九度を越える高熱が続き、一時的に危篤状態に陥った。腰部の口からあふれでていた脊髄炎の膿が、一つの口からだけでは排泄しきれなくなって、肛門の傍に新しい口を作った。

それまでは天気の良い日は蒲団の上に起き上り、しばらくは机に凭《もた》れて過すことができた。今度は場所が場所だけにとても坐っていることは望めない。寝返りする場合でも、自分の身体を自分で動かせない。発熱がいちじるしく、食欲もすっかりなくなった。わずかに牛乳と果汁を飲むだけで、あとは何ひとつ喉を通らない。その上、三日も四日も一睡もしないような不眠が襲ってきた。

一時はもう絶命と思われた。家族も門下生も半ばあきらめきっていた。そんな状態が二十日間も続き、彼の肉体はほとんど死んだのと同じものであった。

「しかしつく〴〵と考へ候へば今度の病程望なきはあらず候生死の事は知らずすわれるといふ望殆《ほとん》ど絶

中候すわれぬ程ならば死んだも同じことに候徒に苦痛をなめんよりは死んだ方が余程ましに候」

これは病がやや回復にむかいはじめたころ、門下生の石井露月に宛てた子規の手紙である。「苦痛をなめんより死んだ方が余程まし」と言いながら、彼は決して死んだ方がいいとは考えていなかった。周囲の者があきらめたにもかかわらず、あきらめなかったのは子規自身である。少しずつだが、しだいに回復の兆候が見えはじめた。

前掲の句は、そういう危篤状態からようやく脱けだした時になったものである。苦しみのために死んでしまいたいと考えることもたびたびある。なんのためにこんな醜い重病の肉体をさらしているのだろう。りんごを腹いっぱい食べ、そのまま大輪の美しい牡丹の花の前で毒を飲み、永遠に眠ってしまったら、さぞ気持ち良いことだろう。

健啖家の彼らしい句である。ところが彼はほんとうは病が重くなればなるほど、生きようと精一杯であった。肉体はすでに死んだと同じほど衰弱しきっているのに、彼の精神は、いっそう目覚めようと努力した。普通の人ならば、おそらくとっくに死んでしまっていただろう。しかし彼は「死」と対決し、「死」に打ち勝つために必死の努力を続け、ついに危篤状態から脱けだしたのである。

けれども彼の危篤は、けっきょく彼の死期が眼前にやってきつつあることをものがたった。今まで生きものを飼った経験のない彼は、自分の生命を予感したかのように、生きものを飼いはじめた。鴨《かも》を飼い、鶉《うずら》を飼い、鶸《ひわ》を飼った。明治三十二年十二月の「根岸草庵記事」はこれらの始末記である。

鴨はたらいではとても小さくて飼えないので、隣りの羯南翁の庭の池に放してやる。そのうち愚かな鴨は、池の泥に首をつっこんで死んでしまった。鶉は雄、雌別々の篭に入れてあるので、たがいに哀われな声で鳴きあう。囮《おとり》でつかまった鶸《ひわ》は、一日中病室の障子に影を映している。夕ぐれになると、鳥の影も篭の影も細長くなって、ついには消えてしまう。そのほか、カナリヤ、キンカ鳥、ジャガタラ雀なども大きな鳥篭に入れて飼った。しばらくの間は、小鳥たちが彼の心を慰めた。

絵を描く

小鳥にあきると、今度は土を捏《と》ねて鋳物の研究を試みたり、草花の写生を始めたりした。少年のころから絵の得意だった彼は、長い時間黙々と草花の写生をしていることが多くなった。

「色なんかお使ひるのか。」

「不折のお古ルをもらうて来てな」

「そんなむつかしい、複雑な、よくまあ写生が出来るな、もうそんなに進歩おしたんか。」

「素人つていかんもんぢやな、この花の色をお前、どうしても出んのョ、塗つた上を塗つて〱、たうとうこんなもンにしてしまうてな。」

見ると成程、紫がゝつた花がグヂャ〱ににじんでゐる。が、何とも言へない、いゝ色が出てゐる。のみならず、葉や花の位置から、写生とはいふものゝ、全体の結構がどつしりして、頗《すこぶ》る重厚な味が出てゐる。これ程の絵がかけるとは思はなかつたと言つて、二人で笑つたりした。

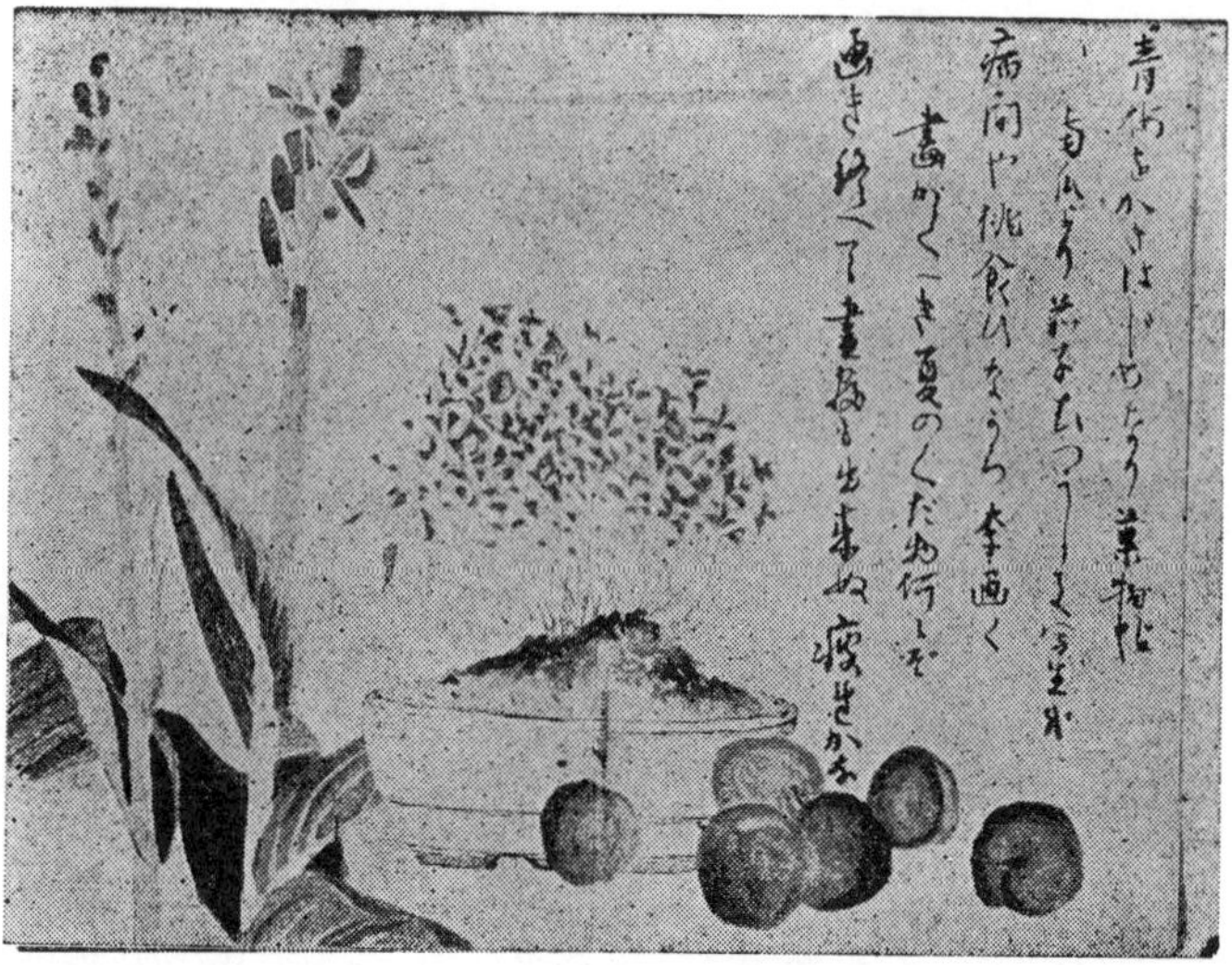

子規の水彩画

碧梧桐の『子規の回想』には、朝顔の絵を描いている子規と交わした会話を、このように記している。戯《たわむ》れに描く草花の写生にも、子規の「事実を写生する」という信念があって、見舞いに訪れた画家の不折*などを驚嘆せしめたりした。虚子も『子規居士と余』の中で、子規の写生画について、

「居士の草花の写生は大分長く続いて、なか〳〵巧みなものであつた。水彩画の絵の具で書くのであつたが、色の用法などは何人にも習はず、また手本といふやうなものは一冊もなく、唯《ただ》目前に草花類を置いていきなり其れを写生するのであつたから、色の使用具合とか何とかさういふ形式的のことは一切知らずにやるので一寸見ると馬鹿に汚い、素人臭い感じのするものであつたが、しかし其の純朴な単刀直入の写生趣味になか〳〵面白いものがあつた。」

と語つている。

＊中村不折（一八六六〜一九四三）　洋画家。明治三十四年渡仏し、ジャン・ポール・ローランスに師事した。西洋の技法を学んだにかかわらず、画風は東洋的で、洋画壇の大家といわれている。

写生画のほかに、彼が心をとめたものに、茶の湯や五目並べがあった。それまで茶道になんの興味ももたなかった彼が、左千夫が茶道の愛好者だと知ると、にわかに興味を示し、研究をやりはじめた。五目並べも門下生を相手に一所懸命研究した。そうした熱心な研究的態度は、いまさらのように周囲の人たちの眼を見張らせた。

彼はどんなことにも積極的、研究的態度を持ち続けた。長い間、寝たきりの生活を送っているので、彼の足も腰ももはや自分の肉体の一部とは思えないほど、変わりはてていた。激しい痛みがふいに押しよせることも多くなっていった。熱が高くなったと思うと低くなり、また高くなった。そういう悪条件の中でも、彼はさまざまなことがらに熱意を示した。彼の場合、病苦の慰籍となるのは「研究」であった。なるべく病気や死を忘れ、一日生きのびれば、一日研究するという態度で、毎日の生活がくり返された。

名誉

子規のこれほどまでに徹底的、積極的な研究心に、驚嘆する読者も少なくないであろう。彼をこのようになさしめたのは、けっきょく彼が一日一日を生きているための方法であった。精神的に死んだ人間であれば、ちょっと息がつまったとか、呼吸が苦しくなったとかという些細《ささい》なことでほんとうに死んでしまうものだが、子規の場合は、肉体はもうとっくに死に、精神だけが生きている。彼とて、「誰かこの苦を助けてくれるものはあるまいか」とか、「如何にして日を暮らすべきか」と悶《もだ》えなかったわけではない。けれども反面に、「病人は病気を楽しむようにならなければ生き甲斐がない」という強い意志があり、その意志が彼を研究に追いやったのである。

それともう一つは、彼の名誉心であった。日に月に、彼の名声は盛んになっていった。今や文壇に欠くべからざる人物となり、彼の病床には、争うように全国から地方の名物や名薬が送られてきた。それほどまで自己の名声を獲得しながらも、なお彼は名誉を重んじた。今にも死にそうな彼は、死後の名誉を考えていた。

「お前は未来の幸福よりも現在の幸福の方に牽《ひ》きつけられる方ぢやが私《あし》は反対ぢや。私は現在の幸福よりも未来の幸福の方を望むな。」

其処《そこ》でKは言つた。

「死ぬる時迄さうだとすると、詰り死後の幸福を望むといふ事になるのぢやな。」

「さうさ。死後の幸福といふと宗教家らしい口吻になるが、あの世とか何とかいふ意味ではなく、此世に於ける死後の名誉さ、武士の身後の名を惜むといふのと同じ意味さ。」

「私《あし》はさういふ考は少ないな。寧《むし》ろ生前一杯の酒に若《し》かずの方ぢやな。」

「だから私とは何かにつけて意見が違ふのぢや。若しこゝに今の私の病苦を治す一つの名薬があるとしても、其れを得る為めに少しでも死後の名を汚すやうなら私は寧ろ今の病苦に甘んずるな。」

『柿二つ』の中で、死後の名誉について語る子規と虚子（K）の会話がおもしろい。名誉や野望のために学問するといった子規と、いやな学問までしてえらい人間にはなりたくないといった虚子が、道灌山で決裂したのだったが、このころになってもまだおたがいに自分の考えを頑強に主張しあっている。

明治三十三年七月、夏目漱石は二年間の英国留学の許可を得ると、熊本の地を引きあげ、東京へ帰ってきた。暑い夏のある日、漱石は子規庵を見舞った。

漱石との永別

子規が従軍に失敗し、病を養うために故郷へ帰った時、ちょうど中学校の教師として松山へ赴任していた漱石は、翌年の四月から熊本第五高等学校の教師となり、四年の間、熊本に住んでいた。その間に漱石は、貴族院の書記官長中根重一の長女鏡子と結婚し、すでに長女筆子が誕生していた。漱石は英文学、子規は国文学と、それぞれ専門分野を異にし、環境も生活している場所も遠く離れていたが　二人の間には何かにつけ手紙が交換され、大学時代以来の深い友情が続いていた。子規は家族や門下生に言えないような愚痴《ぐち》を漱石への手紙に書いて、心をまぎらわすことが多かった。仕事がいそがしいといっては愚痴をこぼし、「ホトトギス」の発刊が遅れそうだとか、涙っぽくなったとかいっては愚痴をこぼし、また、人に言えないような病気の苦しみについても、ながながと手紙に書いた。

漱石は子規の不平や愚痴っぽい手紙にも、いちいち返事を書き、たびたび九州のおいしい果物などを病床の彼へ贈った。

子規が愚痴を言いはじめたのは病気のせいだとは思っていたが、それほどひどい状態になっているとは、上京して子規に対面するまで漱石は考えてもみなかった。子規の衰弱ぶりは、彼が留学を終え、再び帰国するまで生きていられるとはとうてい思えないほどであった。子規も再び漱石の姿を見ることはおそらくできないに違いないと思っていた。おたがいに尊敬しあってきた二人は、じっと心の中に悲しみをこらえ、ことばに現わさなかったけれど、これが最後の対面になるだろうことを十分承知していた。

事実、子規は漱石の留学中に死んでしまった。二年間の留学生活があとしばらくで終わろうとするころ、漱石は子規の死を知らせた虚子の手紙を受け取った。出発前から覚悟していたとはいえ、深い悲しみの気持ちを異国の空の下で嚙《か》みしめたのであった。

なお明治三十三年秋、日本を立ってロンドンへ到着した漱石は、その後病床の子規を慰めようと身辺消息を書き送った。案の定子規は、最近自分を喜ばせた随一のものだといって、「ホトトギス」に掲載した。それが漱石の『倫敦《ロンドン》消息』なのである。

ガラス障子

親友夏目漱石が日本を去ってしまうと、子規は言いようのない深いさびしさを味わった。自然に気持ちが滅《め》入《い》りそうになった。その子規を喜ばせたのは「ガラス障子」である。ガラス障子といっても読者諸君はきっとピンとこないにちがいない。つまり、このころはガラス戸さえ、あまり使用されていなかったのである。雨戸やふすまや障子はあったが、ガラス戸はまだ珍らしいものであった。

虚子は明治三十三年の冬、病気の子規のために、病室の南側に四枚のガラス障子を贈物にした。初めて室内から秋や冬の風景をのんびりと眺めることができる。

いたつきの閨《ねや》のガラス戸影透きて小松の枝に雀飛ぶ見ゆ
朝な夕なガラスの窓によこたはる上野の森は見れど飽かぬかも
ビードロのガラス戸すかし向ひ家の棟のなゞなの花咲ける見ゆ
雪見んと思ひし窓のガラス張ガラス曇りて雪見えずけり
常伏《とこぶし》に伏せる足なへわがためにガラス戸張りし人よさちあれ

これらはガラス障子にことよせて詠んだ彼の短歌である。子規はまるで小さな子どものように喜んだ。盛んに痩《や》せ細った指で透き徹ったガラスを触ってみたり、部屋の隅にぶらさげてあった、古びた菅笠をわざとかぶってみたりして、喜びを素直にそのまま行動にあらわした。翌三十四年の「新年雑記」には、彼のはずむような楽しげな気持ちが、実によく描かれている。それはたとえば、こんな具合である。

「果してあたゝかい。果して見える。見えるも、見えるも、庭の松の木も見える。杉垣も見える。物干竿も見える、物干竿に足袋《たび》のぶらさげてあるのも見える、其下の枯菊、水仙、小松菜の二葉に霜の置りて居るのも見える……殊《こと》に雪の景色は今年つくぐ〵と見た。山吹の枝に雪の積んだのが面白いといふ事も今年知つた。……真昼近き冬の日は六畳の室の奥迄さしこむので、其中に寝て居るのが暖いばかりで無く、非常に愉快になつて終には起きて坐つて見るやうになる。……此時は病気といふ感じが全く消えてしま

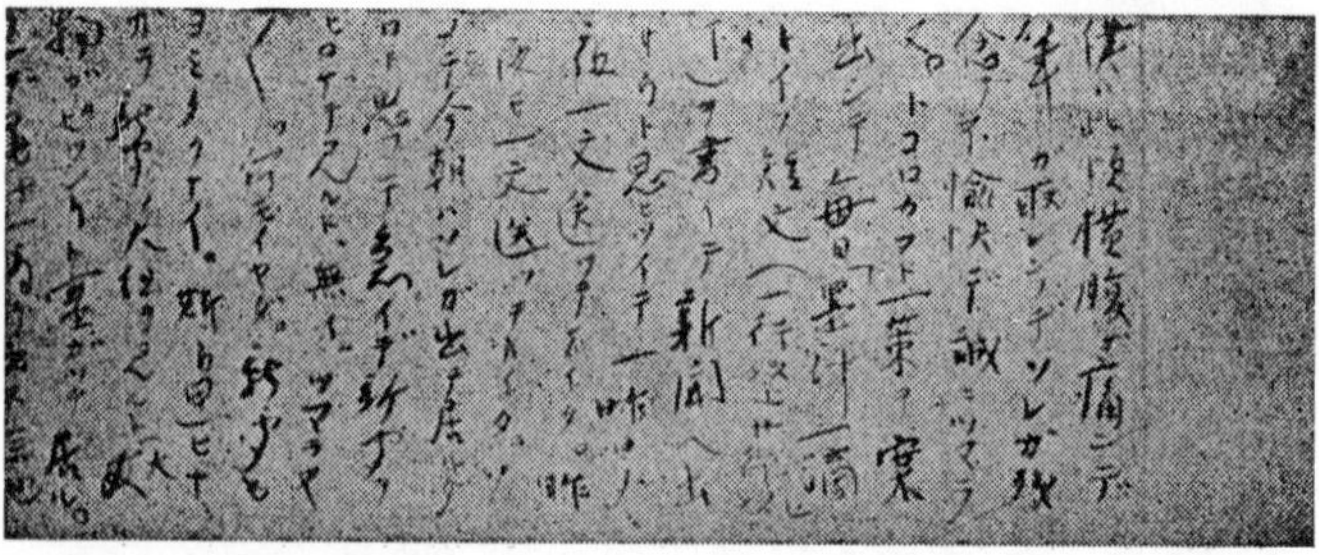

を伝えた子規の手紙

ふ。」

この冬にはガラス障子だけでなく、石炭ストーブも贈られた。左千夫、虚子、不折が相談し、使用する石炭も十分に配慮された。これでどんな寒さが襲ってきても大丈夫だろうと思われた。だが、凍りつくような冬がやってくると、寒さはいっそう病骨に堪《こた》えた。終日ストーブが燃え、春の日のようにあたたかく擁護されたが死の近い病身にはさほど感じられなかった。高熱が続いたり、激しい痛みが下半身を粉々に砕いてしまうかと思われるほど続いたりした。

最後の一年

俳句、短歌、写生文、水彩画、茶の湯など、漸次《ぜんじ》新しい対称を発見し、それらの研究に没頭することにより生きる方法を講じてきた子規も、明治三十四年になると、すっかり衰弱してしまった。もはや長い時間、筆を持っていることはできなくなった。そこで彼は、今度は「墨汁一滴」という随筆を日本新聞に連載するようになった。

「墨汁一滴」というのは、題名のように、一滴の墨汁で筆を濡らし、それだけの墨で書けるような短い文章という意味である。しだいにこれが彼の唯一の慰《なぐさ》めとなり、生命となった。朝、新聞を広げ、まっさきに彼は自分の書いた「墨汁一滴」に

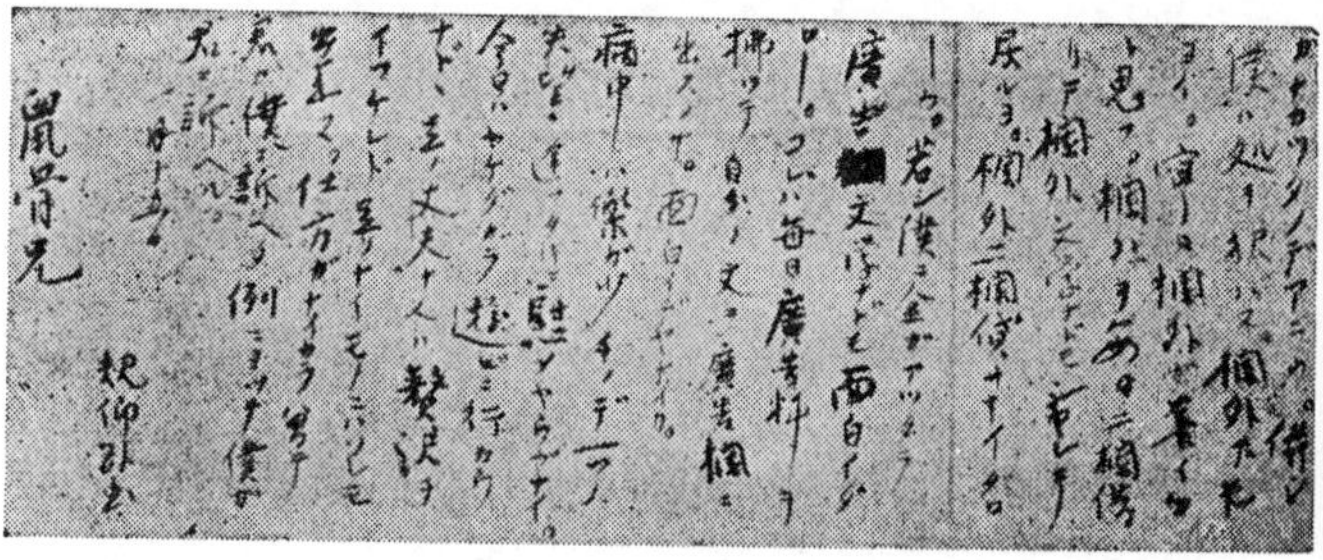

「墨汁一滴」連載の件

目を通した。新聞社の都合で、時には掲載されなかったりすると、にわかに神経がどうかなったのかと思われるほど立腹した。ただちに新聞社へ抗議の手紙を書いた。紙面の都合がつかなければ、欄外か、広告欄へでも載せてくれと懇願するほど、すさまじい勢いで抗議した。

「墨汁一滴」の記事にはさまざまなことが描かれた。文学に対する意見があり、日常茶飯の記事があり、苦痛の一端を洩《も》らす記事があった。気分が良い時には、分量が相当多くなることもあった。万葉調の歌人平賀元義に関する記事などは十二日間も続けられた。

反対に苦痛のひどい日は、二、三行書くのが精一杯であった。そんな日の翌朝は、いかにも悲しそうに新聞を手に取った。「墨汁一滴」はその年の夏ごろまで続いた。暑さがきびしくなると、とうとう彼の手は筆をとることができなくなった。生《い》きることも死ぬことも恐ろしいような不安な日が続いた。

肉体はめっきり弱まってきた。脊髄炎の膿が排泄する口の数は、六、七個にふえていた。歯茎からも膿が流れ出た。衰弱が激しいとその歯茎の膿も拭い取れなかった。背中から腰、肛門にいたるまで、死にそうなほどの疼痛が押しよせた。痛さのあまり、夜中に幾度も目が覚めた。

「僕ハモーダメニナッテシマッタ、毎日訳モナク号泣シテ居ルヤウナ次第だ、ソレダカラ新聞雑誌ヘモ少シモ書カヌ。……

僕ハ迚《トテ》モ君ニ再会スル事ハ出来ヌト思フ。万一出来タトシテモ其時ハ話モ出来ナクナッテルデアロー。実ハ僕ハ生キテヰルノガ苦シイノダ。」

明治三十四年十一月、子規が漱石に宛てて近況を報告した手紙である。同じ十一月には、

柿くふも今年ばかりと思ひけり

の俳句を作っている。あれほど強情で意志の強かった子規も、すさまじい病勢に打ち勝つことのできなくなる時が、いよいよ近づきつつあった。

それでもその年はどうにかこうにか持ちこたえた。鳴雪、虚子、碧梧桐などが集まって、句会や蕪村句集講義が相変わらず子規庵で催されていた。しかし、研究家の子規もその中に加わるほどの力と意欲はすでに消えてしまっていた。

明けて明治三十五年一月、松の内が終わるか終わらぬころから、病体はいっそう悪化した。羯南《かつなん》、虚子、碧梧桐《へきごとう》、飄亭《ひょうてい》、鼠骨《そこつ》、左千夫、秀真《ほつま》などおもな門下生たちが、かわるがわる子規庵に泊まりこんだ。夜中まで看護の手を休めることができなくなつた。原稿はすべて筆記された。聴きとれぬことも多かった。

ようやく五月になると、身体の底から最後の力をふりしぼるように、随筆「病床六尺」の連載が始められた。その記事も途切れがちになることがたびたびあった。夏には一時、やや快復のきざしが見え、よほど気分のいい日には、草花や果物、野菜などの写生画を描くこともあった。

病間や桃食ひながら李《すもも》画く
草花を画く日課や秋に入る
朝顔や我に写生の心あり
病牀や我に露ちる思ひあり

あと一か月もなくしてやってくる死の直前に詠まれた彼の俳句である。死に瀕した子規の最後の静かなひとときであった。

絶　筆

「妹が気付いてから三四日目であつた、彼はどこやら足の感覚が鈍いと思つて妹に聞いた。

「水でも来たのではないか。」

彼は真逆《まさか》さうでもあるまいが……といふ位の軽い心持で聞いたのであつたが妹の答は案外であつた。

「えゝ少し許《ばか》り。」

不意の兄の質問に対して偽つて答へる事の出来なかつた妹は狼狽《うろた》へてゐた。

「さうであらうと思つた。」

彼は投げ出すやうに言つたが、彼の心も狼狽《うろた》へてゐた。兄妹が違つた心持で予《かね》て予期してゐた事が、いつの間にか目の前に迫つて来てゐたのであつた。

二人は暫《しばら》くの間黙つてゐた。

彼は自分の死を板塀に譬《たと》へて考へた事があつた。已《すで》に其頃其板塀は目前に迫つて来てゐるやうに人に話した事などもあつた。併し其頃はまだ何んと言つてもゆとりがあつた。死を板塀に譬へて考えて見るだけのゆとりがあつた。今重病人の最後に必ず来る足の甲の水が来たといふ事は息の詰るやうな恐ろしい事実であつた。彼はぢつと天井の一角を見詰めた。」

足の甲に水がやってきたことを知って愕然《がくぜん》とした時の、子規の様子を描いた、『柿二つ』の中の文章である。

九月十日ころのできごとであった。間もなく子規は再び危篤状態に陥った。どんなにもがいても、身体中に広がった病魔の勢いをほんの少しでもやわらげることはできなかった。逞《たくま》しい精神も、ついに精も根も尽きはてたようであった。

「支那や朝鮮では今でも拷問《ごうもん》をするさうだが自分はきのふ以来昼夜の別なく五体すきなしといふ拷問を受けた。誠に話にならぬ苦しさである。(十二日)

人間の苦痛は余程極度へまで想像せられるがしかしそんなに極度に迄想像したやうな苦痛が自分の此身の上に来るとは一寸想像せられぬ事である。（十三日）

足あり、仁王の足の如し。足あり、他人の足の如し。足あり、大磐石の如し。僅《わずか》に指頭を以てこの脚頭に触るれば天地震動、草木号叫。……（十四日）」

断続的に掲載されていた随筆「病床六尺」に描かれた、闘病の最後の凄まじさである。足の水は股の近くにまで来てしまった。瘦せ細っていた足が、三、四日の間に仁王の足のようになってしまった。病床には、死の臭気がむせかえるように漂《ただよ》っていた。顔はすでに死相に転じていた。

九月十八日の朝、哀われな姿に変わりはてた子規は、喉につかえた痰をどうしても吐き出すことができなかった。

午前十時過ぎ、碧梧桐が駈けつけてくると、子規は静かに仰向けになったまま、いかにも死を悟ったように、

「高浜も呼びにおやりや」

と弱々しい声で一言ささやいた。そして彼は最後の筆を取った。

「予はいつも病人の使ひなれた軸も穂も細長い筆に十分墨を含ませて右手へ渡すと、病人は左手で板の左下側を持ち添へ、上は妹君に持たせて、いきなり中央へ

糸　瓜　咲　て

子規庵の糸瓜

とすら〳〵と書きつけた。併し「咲て」の二字はかすれて少し書きにくさうにあつたので、こゝで墨をついで又た筆を渡すと、こんど糸瓜咲てより少し下げて

痰のつまりし

までまた一息に書けた。字がかすれたので又た墨をつぎながら、次は何と出るかと、暗に好奇心に駈られて板面を注意して居ると、同じ位の高さに

仏かな

と書かれたので、予は覚えず胸を刺されるやうに感じた。」

ちょうど、子規の妹とその場に居合わせた碧梧桐が、子規の絶筆の時を語ることばである。四、五分の後、苦痛と咳に悩まされながら、

痰一斗糸瓜の水も間にあはず
をとゝひのへちまの水も取らざりき

の二句を、いかにもせつなそうに書き流し、筆を投げ捨てた。白い寝床の上に投げ出された筆の穂は、黒い

墨跡を残した。その後、再び筆を持とうとはしなかった。

終焉

碧梧桐の電話で即座に虚子が駆けつけてきた。松山や知人に次々と電報やはがきが送られた。

絶筆のあと、昏睡《こんすい》に入った子規は、夕方に一度眼を覚した。苦痛を訴える声も出なかった。水のまわった胸部に注射が打たれた。

午後六時ごろ、「ホトトギス」の校正を片づけてしまうため、碧梧桐が帰って行った。まさかその夜、死んでしまうとは思わなかったのであろう。入れ変わりに鼠骨がやってきた。

子規は八時ごろもう一度眼を覚し、ゴム管から一杯の牛乳を飲んだ。

「だれ〳〵が来てお居でるのぞな」

と妹に尋ね、そのまま熟睡に陥った。時々、ウーンウーンと苦しそうな声をあげた。

「やがて又座敷に戻つて病床を覗《のぞ》いて見るとよく眠つてゐた。

「さあ清さんお休み下さい。又代つてもらひますから。」

と母堂が言はれた。母堂は少し前迄臥せつてゐられたのであつた。其処で今迄起きてゐた妹君も次の間に休まれることになつたので、余も座敷の床の中に這入つた。

眠つたか眠らぬかと思ふうちに、

「清さん〳〵。」

といふ声が聞こえた。其声は狼狽《ろうばい》した声であつた。余が蹶起《けっき》して病床に行く時に妹君も次の間から出て来られた。

其時母堂が何と言はれたかは記憶してゐない。けれども斯《こ》ういふ意味の事を言はれた。居士の枕頭に鷹見氏の夫人と二人で話し乍《なが》ら夜伽をして居られたのだが、余り静かなので、ふと気がついて覗《のぞ》いて見ると、もう呼吸は無かつたといふのであつた。

妹君は泣き乍ら「兄さん〳〵」と呼ばれたが返事が無かつた。跣足《はだし》の儘《まま》で隣家に行かれた。其は電話を借りて医師に急を報じたのであつた。」

『子規居士と余』の中で、子規の終焉《えん》を記した虚子の回想である。

明治三十五年九月十九日午前一時過ぎ、わずか三十五歳の若さで、正岡子規はこの世を去ったのである。長い間、病魔と悪戦苦闘してきた人の最後とは思えぬほど、それは安らかな往生であった。

子規逝《ゆ》くや十七日の月明に　　　虚子

碧梧桐に子規の急変を知らせるために子規庵の門を出た虚子の頭上には、旧暦十七夜の月が皓々《こうこう》と冴え渡っていた。

死後

十九日の夜は、虚子や碧梧桐のほかに、親類の人たち数人が遺骸の傍に集まった。翌二十日の夜は、訃音《ふいん》を聴いて参集した二十数名の人々で、小さな子規庵が埋まった。

九月二十一日午前九時、子規は滝野川村字田端大竜寺（高野山派真言宗末寺）の墓地に、百五十余名の人々に見守られながら埋葬された。戒名は子規居士。縦四尺、横一尺八寸、深さ一尺の柩《ひつぎ》の中には、鶏頭の花が飾られた。柩上には、

「子規正岡常規之墓、慶応三年九月十七日生、明治三十五年九月十九日歿、享年三十六歳」

の三十五字が刻まれた真鍮板が置かれた。

子規の死は、子規門下の人々に悲痛な衝撃を与えた。今までどんな時も、どんな場合も子規の眼のとどかない所はなかった。すべては子規を中心に活動し、展開していた。碧梧桐の『子規の回想』に、

「子規を中心に大黒柱にしてゐた当時の俳壇は、言はば一軒の家のやうなもので、軒の雨樋から、縁の釘一本まで、何一つ子規の息のかゝらないものはない。」

とあるような状態であった。その大黒柱を失ったのであるから、悲しみはひじょうに大きなものであった。虚子にしても碧梧桐にしても、あるいは他の門人にしても、子規を知って以後の彼等の人生は、子規の好意と名声の上に築かれていた。

「もういよいよどうにかしてくれる、何とかなるだらう他力本願は言へなくなつたのだ。こゝで我々がヘマをやらうものなら、第一に故人を恥かしめる。俳道が闇になる。というより我々そのものが丸潰れに

「ホトトギス」子規追悼号

なるのだ。」

これは『子規の回想』にある碧梧桐の気持ちであった。碧梧桐の気持ちは当然、子規のあとに残された門人たちすべての気持ちであった。彼等は自然に心が緊張のあまり震《ふる》えそうになるのを感じた。まもなく、彼等は虚子を中心に「ホトトギス」や「日本人」の子規追悼号を発刊した。鳴雪、飄亭、四方太、鼠骨、虚子、碧梧桐など、おもな人々のそくそくとした子規哀悼のことばが記されている。先輩であり、師であり、時には親のようであった子規を慕う彼らの切々たる回想は、六十数年後の今日でも、読者の胸を激しく揺さぶる力にあふれている。

第二編　作品と解説

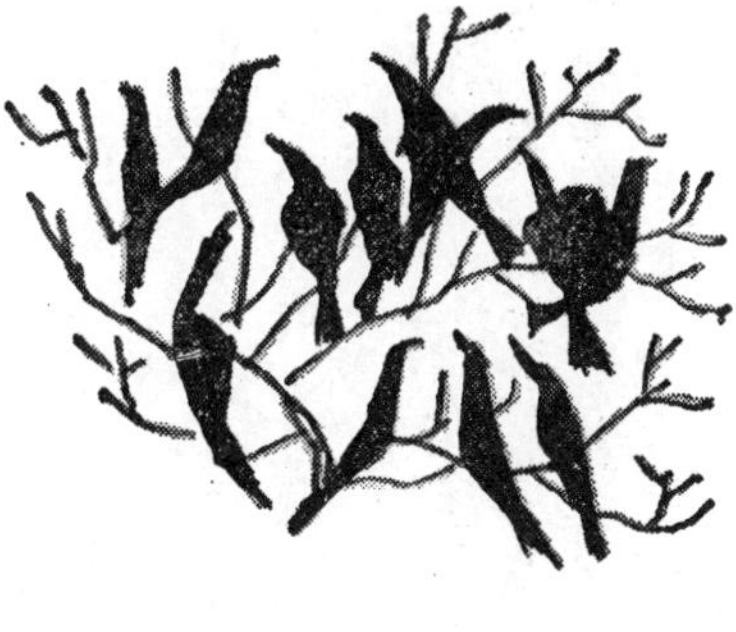

革新の火
――俳句――

第一編でも述べたように、正岡子規の文学活動の大半は、明治三十五年九月、彼が死をむかえるまでの数年間に、高熱と激痛のともなう闘病生活の中で為された。その仕事を大別すれば、

一　俳句革新
一　短歌革新
一　写生文の創始

の三つに分類することができよう。そこでこの「作品と解説」編においては、そうした子規の偉業を、だいたい彼が果たした年代に従い、俳句関係(俳句、俳論)、短歌関係(短歌、歌論)、文章(小説、写生文、随筆)の順序で解説することとする。

ことに、子規の俳句革新の偉業は、私たちが、明治、大正、昭和の三時代にまたがる近代俳句について語ろうとする時、どんな方法を用いるにせよ、まずまっさきに取り上げねばならないほど重要なものである。すなわち、子規の俳句を語ることは、近代俳句成立の動機や近代俳句の基本的な骨格を語ることと同じなのである。

では近代俳句の父ともいうべき子規が詠んだ俳句とは、どんなものなのであろう、そしてそれらの俳句はどのような俳句論に立脚し、どのような価値があるのか、まず、そのあたりから子規の文学を語りはじめることとしたい。

寒《かん》山《ざん》落《らく》木《ぼく》

子規の句集「寒山落木」は、彼が俳句を生涯の仕事としようとはまだ考えず、漠然と興味を抱いて、遊戯的に句作を試みていた明治十八年ごろから、月並俳句に対抗し、新俳句を唱導しはじめた明治二十九年までの、彼の俳句歴でいえば、前半期にあたる時期の句を集録したものである。新聞や雑誌に発表したもの、未発表のものを子規が自分で分類し稿本としたもので、全体を巻五に分け、巻一には明治十八年から二十五年までの八年間の句を収め、巻二から巻五までは明治二十六年から二十九年までの四年間の句を、一年間ずつまとめ、それぞれ一巻としたものであ

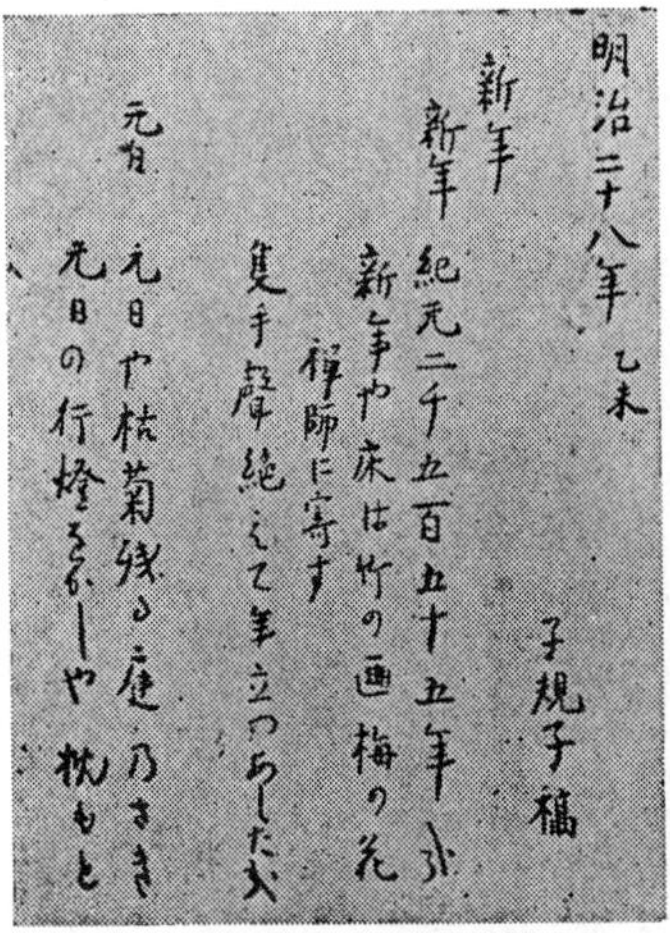
明治二十八年　乙未
子規子稿
新年
新年　紀元二千五百五十五年ふ
新年や床は竹の画梅の花
禅師に寄す
隻手聲絶えて年立つあした哉
元旦
元日や枯菊残る庭乃さき
元日の行燈をかしや枕もと

子規子稿

る。以下はその中から代表的な句を適出し、解説、鑑賞を試みたいと思う。

ねころんで書よむ人や春の草　(明治十八年。季題「春の草」)

明治十八年といえば、その前年の明治十七年に、子規は入学できるとは夢にも思わなかった大学予備門の入学試験に合格し、一方、常盤会給費生に決定し、晴々とした気持ちで学生生活を楽しんでいたころである。ところが語学と数学に不得手な彼は、案外簡単に試験に受かったので、あまり熱心に勉強せず、寄席《よせ》へ通ったりしていたので、春の学年試験はみごとに落第してしまった。

この句はおそらく、苦手な試験を前にして、どこか静かな場所へ出かけて行き、真剣に本を読むでもなく、読まぬでもなく寝ころんでいた時にできた句なのであろう。「書を読む人」というのは、その時、子規のほかに誰か、やはり学生ふぜいの男がいて、呑気そうに本を開げていたのかもしれない。けれどもこの場合は、作者自身のことだと考えた方がおもしろい。ぽかぽかと春の日が照っている。まだそんなに伸びてはいない春の草の上に、悠々と寝ころんで、本を読んでいる。真剣に読む気がないので、最近興味を持ちはじめた俳句のことを考えていると、ついひょっこりとこんな句ができてしまったのであろう。平凡だが素直な句である。

木をつみて夜の明やすき小窓かな

（同年作。季題「明やすき」）

窓のすぐそばにある木の枝を摘み落したので、窓外が急に明かるくなり、そのために明けやすい夏の夜明けが、更に早くなったように思われるの意。この年の夏、子規は上京後、最初の帰省をしたので、松山での作かと考えられる。木の枝を摘んだので窓の辺りがさわやかになった感じを詠んだ句なのだが、実際にはさわやかさは感じられず、「木の枝を摘んだがために」という、いかにも理屈っぽい感じを読者に与える。明けやすい夜が、いっそう明けやすくなったという驚きの気持ちも、もちろん伝わってこない。

名月の出るやゆらめく花薄《すすき》

（明治二十年作。季題「名月」または「花薄」）

待ちわびていた十五夜が、ぽっかりと山の端に姿をあらわした。その途端《とたん》、咲き乱れた薄が、そろって揺れ動いた。それだけの意味である。子規は薄の咲く野原を徘徊《はいかい》していたのだろう。待望していた名月の句にしては、あまりにも実感がともなわない幼稚な句である。名月を今か今かと待っていた気持ちを、そのまま詠まないで、薄にたとえて表わしたところや、その薄が名月が出た途端に揺れはじめたという表現は、技巧的で共感できない。秋の夜の野原に揺れ動く薄のさまを「ゆらめく」と詠んだのも、適切な表現とは言いがたい。親しめない技巧が目立つ失敗作である。同じ二十年の句には、

ちる花にもつるゝ鳥の翼かな
鶯や木魚にまじる寛永寺
白梅にうすもの着せん煤払《すすはらひ》

などがある。最初の句は、桜の花びらが散り落ちる中を、小鳥が飛びまわっている場景なのだが、それを「花にもつるゝ」といった言い方、中の句の読経の最中に聞える鶯の声を、「木魚にまじる」といった言い方、最後の句の、うすよごれた白梅を、「うすもの着せん」といった言い方など、いずれも実感からはほど遠い、理詰めな表現であって、それぞれの句を台無しにしてしまっている幼稚な月並句である。これらの句に比較すれば、やはり同年の、

何もかもすみて炬燵《こたつ》に年暮るゝ

という句の方が、よほど大晦日《おおみそか》らしいその場の感じを、幼い表現のうちにも捉《とら》えているといえよう。

さて、こんな風に子規の初期の句が、理屈に走りがちであるのはどういう理由によるのであろうか。

端的にいえば、子規が最初に知った俳句は、「月並」であったことによる。「月並俳句」というのは、第一

に、読者の感情よりも知識に訴えようとする、第二に、着想が陳腐《ちんぷ》で新鮮な感覚に乏しい、第三に、用いることばがおろそかである、第四に、洋語や雅語を軽んじ、これらを使用しない、第五に、封建的な結社組織が強く、その派の開祖にあたる俳人を偶像崇拝視する、などというようなもので、簡単にいえば沈滞しきった、何ら新鮮さ、おもしろさのない、低級な俳句である。

子規が最初に知ったのは、このような「月並俳句」である。俳書など顧みる人もなく、古本屋の店先に塵や埃にまみれて並んでいたのを偶然に買ってきてひもといたのが俳書に親しんだ動機であるが、それはもちろん「月並俳句」の書であった。

また、明治二十年の夏、子規の生涯において俳句入門のきっかけとなった大原其戎《きじゆう》との対面は、子規が遊戯的に作った句を持参し、其戎に添削を乞う形式でおこなわれたが、その其戎も月並俳句の宗匠に過ぎなかった。つまり、子規の門人は、子規の主張した新俳句に出発点を見出したのに対し、子規は誰からも新俳句を学ぶことはなく、自分で俳句革新に着手したのであるから、彼の出発点は月並俳句だったわけである。したがって読者の感情に訴えるよりも作句者の知識をふりまわしがちな、理屈っぽい句が多かったのも当然のことと言えよう。

秋の蚊や畳にそふて低く飛ぶ　（明治二十一年作。季題「秋の蚊」）

夏の蚊は強そうに、ぶんぶんと執念深い声を立ててあたりを飛びまわる。殺そうと追いかけても、すーっと高く飛びあがってしまうので、なかなか打つことができない。しかし残暑も過ぎた頃の秋の蚊は、ずるそうな夏の蚊に比べると、滅法弱い感じがする。同じように飛んでいても元気がなく、追いかけても天井近くまで逃げ上っていくほどの気力はなさそうだ。そんな秋の蚊の飛ぶさまを、「畳にそふて」と表現したのである。子規は寝ころんで蚊の飛ぶさまを見ていたのかもしれない。いつまでたっても畳すれすれに低く飛んでいる蚊におもしろさを感じた。弱々しいという意味のことばを使用せずに、ただ蚊の飛ぶさまを見たまま詠んだ句なのだが、かえって命の残り少ないあわれな蚊をうまく描いた句である。

暖かな雨が降るなり枯葎《かれむぐら》　（明治二十三年作。季題「暖か」）

「葎《むぐら》」はクワ科の一年生のつる植物。鉄葎《かなむぐら》というのが正しい名称。道ばたや荒地、野原などに茂っているなんの風情《ふぜい》も感じられない雑草で、茎や葉柄にはとげがある。その雑草の枯れたものを、「枯葎」といい、俳句では冬の季題に属している。けれどもこの句では、「枯葎」よりもむしろ暖かい春の雨に重点をおいて、「暖か」を季題とし、春の初めの句と考える方がよい。

春といっても浅い春なので、葎にはまだ青い葉は見られない。けれどもさすがに春らしい雨が枯葎の上に降りそそいでいる。どこにでもあるような、自然のある光景を詠んだ句である。ことばの置き具合がよい。

前の「秋の蚊」の句や、この句などは、子規の初期の句の中では、作者の眼に映った光景を素直に詠んだものとして、好感を抱くことができよう。しかしこのころの句の大半は、さきに説明したように月並的な句で、鑑賞にたえうるものはごく少数である。

萍《うきくさ》や池の真中に生ひ初むる　（明治二十六年作。季題「萍」）

春になると今まで眠っていたように動かなかった冬の水も、少しずつぬるみはじめる。そのぬるみはじめた水底から萍が新しい葉を浮かせる。萍が「生ひ初むる」というのは、萍が水面に葉を浮かせるようになったさまをいう。それが池の岸に近いところからではなく、池の真中から葉をのぞかせたところに、作者は興味を感じた。「池の真中に」というのが句の中心である。おもしろい句である。なお、「萍」を特定の植物と考える必要はない。水に浮かぶ浮草と簡単に解すればよい。

芭蕉破れて書《ふみ》読む君の声近し　（明治二十六年作。「羯南氏住居に隣れば」の詞書がある。季題「芭蕉」）

「芭蕉」は中国原産のばしょう科の多年生植物。茎の高さ五メートル内外におよび、大きな葉は二メートル近くもあり長楕円形でひじょうに裂けやすい。観葉植物として、寺院の境内や邸宅の庭に植えられる。

「芭蕉破れて」とは、大きな芭蕉の葉が秋の風雨に打たれ傷ましい姿となったことをいう。「書を読む君」とは、子規庵の隣りに住んでいた陸羯南《くがかつなん》を指す。

句の意味は、秋も終わり近くなり、芭蕉の葉が破れたころ、書を音読している隣人（羯南）の声が、間近に聞こえるというもの。けれども、読書の声が近くに聞こえる理由は、単に芭蕉の葉が傷ついたというだけではなく、このころは他の庭木も葉を落としはじめ、夏はさわがしかった近所の家も窓をしめ、ひっそりと静まりかえり、あたり一面がものさびしくひからびているので、いっそう声高く直接ひびいてくるのである。このように空気のつめたく渇いた秋の末の感じを表わした句として解釈した方が自然で、味わい深い句となる。高浜虚子は、「子規句集講義」の中で、この句について、

「一世の高士であって、漢学趣味に富んだ羯南氏の書斎に芭蕉は適はしい植物であつて、殊に破芭蕉《やればしよう》の間から音読の声の聞えるのは同氏の面目を十分に描き出して居ると考へる」

と解説している。

口紅や四十の顔も松の内　（明治二十六年作。季題「松の内」）

ふだんは化粧もしなくなった四十代の女がお正月だというので、改まって化粧をし、口紅をつけているの意。きわめて平凡な事柄を平凡に叙しているだけの句であるが、前の「暖かな雨が降るなり枯葎」の句とど

こか似かよっている。

というのは、両句とも平凡な事実を句に詠んでいる点である。少しも不自然なところや奇抜なところはない。子規の句はやがて、自然の風物風景をありのままに客観的に描写することに重点を置き、「月並俳句」にはみられなかった写生句をもって、新俳句の特色とするのであるが、この句などは意識的に写生を主張する以前の写生句として注意すべきであろう。事実をそのまま句にするという方法は、松尾芭蕉の時代からすでにおこなわれていたことはいたのであるが、それよりももっと事実を詳細に叙するというのが、子規の唱導した写生句である。したがって平凡な事実といえどもこまかな点にいたるまでよく観察する必要があり、そうした写生句の発芽が、このような初期の、ともすれば価値のないように考えがちな、事実を見逃さないで詠んだ句にみられる。

薪をわるいもうと一人冬籠　(同年作。季題「冬籠」)

子規の病気の看護にあたった妹が、炊事に使う薪を割っているという意。薪を割っている妹を描写しながら病床で苦痛に堪えている哀われな孤独の作者の姿を想像させる、さびしい句である。

さてここでは、子規の明治二十六年の句については四句を摘出し、解説してみたが、同年の他の句には、

水洟《みずばな》の泪《なみだ》にまじる余寒かな
下町は雨になりけり春の雪
鏡見てゐるや遊女の秋近き
鍬たてゝあたり人なき暑さ哉《かな》
三尺の庭に上野の落葉かな

などというように、どこにでも見られるようなありふれた場景を日常の使い慣れた言葉で詠んでいる句が前年に比較して多くなっている。上手な句とはいえないが、嫌味や気取りのないところが良い。明治二十六年は俳諧史では芭蕉二百年忌にあたり、子規はちょうど、日本新聞社で俳句時評を書いていた。句を作る機会がはなはだ多く、「寒山落木」巻二に集録されているこの一年の句は、子規の一生を通じ、最も分量が多い。

絶えず人いこふ夏野の石一つ

（明治二十七年作。季題「夏野」）

夏の野原の真中に、一本の長い道が続いている。その道のかたわらに一つの石がある。じりじりと照る暑い日ざしのために、何の変化もない野原の中の道はいっそう長く感じられる。そこを通る旅人は、石のある所までくるとかならず腰をかけて一ぷくする。汗をぬぐい、これから先の遠い道を眺めている。旅人は一人とは限らない。二、三人連れ立っていることもあろう。旅人が去ったと思うと、また次の旅人が来てそこへ腰をおろす。それが立ち去るとまた次の人がくる。そんなふうに絶え間がないかと思われるほど、次々にやってきて、きまったようにそこで休んでいる。夏野の石に休む人が絶えないというのは、秋野の場合と違い、いかにも旺盛な夏の感じにぴったりとあてはまっている。また、夏草の茂る中に、白い石が一つあるという鮮明な印象、句の最後を「石一つ」と言い切り、調子の上で強いほどの余韻を残したところなどにも、実によく夏の感じが表現されている。印象明瞭に夏という烈しい季節を詠んだ句として秀逸である。

萩散るや筧《かけひ》の下の水溜り　（同年作季題「萩」）

山道の崖の上に萩が咲いている。その真下に筧が引いてあり、水の流れ落ちたところは自然に水溜りができている。萩の赤い花が風に吹かれ、その花びらが下の水溜りに浮かぶ。「筧の下の水溜り」という表現で、作者が萩の花になったような気持ちで作句したことが知られる。自然の美しい句である。

柿くへば鐘が鳴るなり法隆寺　（明治二十八年作。季題「柿」）

子規の句の中ではいちばん人口に膾炙《かいしや》されているもの。茶店で柿を食べていると、ゴーン、ゴーンと法隆寺の鐘が鳴ったの意。単純な表現でありながら、茶店に腰をおろして鐘の音を聞き入っている旅人の姿や、あたりの枯れはてた斑鳩《いかるが》の風景、秋の日に輝いている法隆寺の古びた風情《ふぜい》などがゆっくりと、しだいに思い出されてくる。単純なようで決して単純ではなく、味わえば味わうほど、落ちついた滋味のある句である。なお法隆寺にはこの句碑が建っている。

夏羽織われをはなれて飛ばんとす　　（同年作。季題「夏羽織」）

夏羽織を着て、欄干にもたれて立っていると強い風が吹いてくる。そのために今にも夏羽織がからだから離れて飛んでいってしまいそうだの意。とくに欄干にもたれて立っていると考えなくてもいいが、たとえば戸外を歩いていると考えるより、どこか高い所にある欄干にもたれているとした方が、強い風に吹きまくられている夏羽織の感じがでてよいであろう。「われをはなれて飛ばんとす」の表現に、いかにもうすっぺらな軽い羽織の感じや、風の強く吹いている感じ、涼しく爽快な感じが巧みに言い表わされている。

行く我にとゞまる汝《なれ》に秋二つ　　（同年作。「漱石に別る」詞書がある。季題「秋」）

従軍を志望し、病にたおれて帰国し、松山の漱石の下宿で静養した子規が、十月十九日、上京するにあたり、別離を悲しんで詠んだ句である。「秋二つ」とは、「行く我」の秋と、「とゞまる汝」の秋の二つである。さほど上手な句ではないが、親友との別れの気持ちが簡潔に表現されている。

門前のすぐに坂なり冬木立　　（同年作。季題「冬木立」）

「冬木立」は冬木の立ち並んでいるさまをいう。冬木は常緑樹でも落葉樹でもいいが、「冬木立」という場合は、葉の落ちてしまった、枝と幹だけの寒々とした冬木と考えた方がいい。たとえ冬の日ざしが照っていても、葉の散りつくした木々は、どこかわびしい感じがするものである。「冬木群《ふゆこむれ》」ともいう。

ある家の玄関の門を出ると、前の道がすぐに坂になっている、そこに冬木立があるというくらいの意。この家は田舎の家でもいいし、町の中の家でもいい。冬木立があるのだから市中とした場合は、騒々しい繁華街ではなく、静かな住宅地と考えればよい。冬木立もどこにあるのか判然としない。門を出ると、すぐむかい側にあるのか、坂の上なのか、それとも下なのか、あるいは少し離れたところにあるのが見えるのか、わからない。しかしこの句では、冬木立の位置や家のある場所などという問題は重要ではない。自由に解釈しても句を味わう上に支障をきたさない。句の主眼はあくまでも「門前のすぐに坂なり」のところにある。特に晴れた日というのでもないが、私には冬の日があたり一面に弱々しく照っている、山の手あたりの閑静な住宅街の、午前の風景が想像される。

この句などは、明治二十八年、子規が木枯《こがらし》の吹く道灌山で、後継者と頼む虚子と決裂し激憤した事件と前後して作られた、彼の俳句である。そして翌明治二十九年、子規は痩せ衰えた病体に闘志をたぎらかせ、孤立奮闘する気持ちで全身的に俳句に傾倒した記念すべき年である。「事実を客観的に描く」という新しい写生句が、子規派の一大特色と看做《みな》され、彼はその派の指導者として、たちまち自分の名を天下に知らしめた。もちろん、このころから、彼は意識的に写生句を作るようになり、しだいにすぐれた写生句が多くなる。また反面では、第一編の冒頭に掲げた彼の秀句、「いくたびも雪の深さを尋ねけり」などの主観的な、しみじみとした心境を詠んだ病中の句も作られている。

長き夜や孔明死する三国志

（明治二十九年作。季題「長き夜」）

「孔明」は三国志に登場する豪快な英雄の名前。読者にたいへん人気がある。秋の夜長を毎晩三国志を読んですごしてきたのだが、その三国志もだいぶん読み進んで、ついに興味深かった孔明が病死するところまで読んでしまったの意。

興味を抱き、同情も寄せていた孔明が死んでしまったので、三国志全体はまだ読了しないが、何か気が抜けてしまったような感じがする。それを俳句にしたものである。自分の好きだった孔明が死んだのでは、ものたりない、がっかりしたような思いがする。そういう気持ちを、「孔明死する」というふうに、小説中の出来ごとをそのまま句中に詠みこんで、上手に表現しているところは、月並俳句にはけっしてみられない特色である。技巧的ではなく、むしろさらっと詠んだような平淡な表現の上に、句の生命をしっかりと把握しているのは、さすがである。

榎《え》の実散る此頃うとし隣の子　（同年作。季題「榎の実」）

秋もえのきの実が落ちるころになると、隣りの子どもたちはさっぱり遊びに来なくなったの意。夏の間は外で遊ぶにしても暑さがきびしいので、隣家の子どもたちはたびたび我が家へ遊びにきたが、榎の実が落ちるこのころは外で遊ぶにふさわしい秋日和で、庭で遊びまわっている方がよほど楽しいのか、子どもたちはまれにしかやって来ない。「隣の子」は子規庵の隣りの陸羯南の子どもたちをいったものであろうが、とりたてて陸家の子どもと解釈する必要はない。ただ、子規の家族は、子規のほか母と妹のわびしい三人ぐらしであったので、子どもたちが来ない日は、家の中が淋しく感じられたのであろう。無邪気そうに遊んでいる子どもたちの声が、子規の病床へ聞こえてきたのかもしれない。秋になって子どもたちが来なくなったという事実を叙し、作者のさびしい心境を表わしたもの。前句の「孔明死する」にしろ、この句の「この頃うとし」にしろ、事実だけを詠み、言外に作者の気持ちを含ませた、上手な写生句である。

稲刈りてにぶくなりたる蝗《いなご》かな　（同年作。季題「稲刈り」）

従軍に失敗したあと、東京へ帰ってきてからは、子規は腰の痛みを訴えるようになった。腰部の脊髄炎のせいである。このころの子規は痛い痛いといいながらも、まだときどき散歩に出かけるようなことがあった。気分の良い晴れた日に、子規は根岸の郊外、なかでも三河島付近へ好んで出かけていった。そのころは三河島のあたりはまだ田畑が連なっていた。

この句は秋の日の散歩の途中で得た写生句の一つである。秋もたけなわとなり、稲刈りがはじまった。稲を刈ったあとの蝗《いなご》はどこか元気がなく、動きがにぶくなったという意。この句の特色は「にぶくなりたる」にある。彼は稲刈りが始まる以前から、蝗の動きにいつも目をとめていた。夏頃は蝗も元気にさかんに飛びはねていた。その蝗が稲刈りを終えると衰えたというのである。単純な写生のようであるが、こういうことは幾度も散歩に出かけ、蝗の観察をしていた人でなければ気がつかない。まして机の上でできるような句ではない。また、農業にたずさわっているような人ならば、すでに何回となく力がなくなった蝗を見ていて、いまさらそんなにわかりきったことを句に詠む必要がないと、この句を軽んじるかもしれない。けれども子規は蝗が衰えるという事実を発見し、それを句にしたのである。事実を観察し、それを句にしたところは簡単で、今ではごくあたりまえのようなことであるが、これは子規の手柄である。「にぶくなりたる蝗」という表現の背後には、長い時間をかけて観察してきた事実がかくされている。子規が意識的に写生句を作りはじめたころの、代表的な作である。「寒山落木」の中でも秀句に属する。
明治二十九年の俳句には、これらのほかに、平淡ながらおもしろみのある写生句が多い。たとえば、

朝寒や上野の森に旭《ひ》のあたる
野分して上野の鳶の庭に来る
夕烏一羽おくれてしぐれけり

などの句には実景を詠んだ捨てがたい味わいがある。またこの年から病中吟が多くなっているのが目立つ。

古庭や月に湯婆《たんぽ》の湯をこぼす
しぐるゝや蒟蒻《こんにゃく》冷えて臍《へそ》の上
小夜時雨上野を虚子の来つゝあらん
いくたびも雪の深さを尋ねけり
障子明けよ上野の雪を一目見ん
菊枯れて胴骨痛む主人哉《あるじかな》

これら病中の句には、病床から離れることのできないもどかしさや、不幸な境遇に甘んじねばならないせつなさがあふれている。いずれも読者の共感を誘う秀作であるばかりか、先に説明した、自然の客観描写の句とともに、子規がまったく月並俳句の域から脱して、感情に訴える新しい俳句を自分のものとした画期的な作といえよう。

「俳句稿」

「俳句稿」は、「寒山落木」に続く子規の俳句を集録したもので、明治三十年から晩年までのおよそ六年間、子規の俳句歴でいえば、格調の高い、深みのある作を詠んだ後半期の句を集めたものである。巻一には明治三十年から三十二年の句を、巻二には明治三十三年から三十五年の句が入れてある。句数は「寒山落木」の一万二千七百句に比較し、五千三百句あまりでおおよそ半数にしかならないが、これは俳句革新から短歌革新に力を入れるようになったことと無関係ではない。句数は少なくとも、作品の質においては「寒山落木」より、かなり秀れたものが多い。

つり鐘の蔕《へた》のところが渋かりき

（明治三十年作。「つりがねといふ柿をもらひて」の詞書がある。季題「柿」）

「つり鐘」は柿の名。この句は京都伏見に住む愚庵という禅僧から柿を贈られた時にできたもので、「つり鐘」という名が珍らしかったこと、柿の蔕の部分が釣鐘の竜頭に似た形をしていたことに興味をもって、お礼の手紙に添えようと作句したのである。「御仏《みほとけ》に供へあまりの柿十五」、「柿熟す愚庵に猿も弟子も無し」の二句なども同時の作。

高浜虚子の『柿二つ』には、つり鐘を食べた時の子規の様子が、次のように描かれている。

「彼は其一つを取つて其皮をむくより早く忽《たちま》ち其れに武者振りついたのであつたが、もう大方食ひ尽して蔕の所に達した時に少し顔を顰《しか》めた。其れは稍《やや》渋かつたのであつた。さういへば昨日食つたのも大方は少しづつ渋かつたのであつた。けれども彼は其れに頓着せずに其蔕の際迄少しも残さずに食つてしまつた。

其蔕の所の渋いといふ事が少なからず彼の興味を牽《ひ》いた。さういふありふれた事柄を恰も天下の大事の如く考へながら彼は又次の柿をむいた。今度の柿も同じく蔕の所が少し渋かつた。

此時彼は畢竟渋い位の柿でなければ旨くないのだといふ結論に達した。此渋くない柿よりも渋い柿の方が旨いといふ結論が又彼を喜ばせた。」

普通の人ならば、贈物を貰ったのであるから、それがおいしかったとか、珍品だったとか、親切を感謝するとかいうような句を作る。ところが子規はそんなことにはかまわず、柿の蔕のところが渋かったと、事実を単刀直入に叙した。「蔕のところが渋かりき」といった背後には、蔕の部分が渋い柿の方が、実はおいしいのだという、つまり釣鐘を誉めている気持ちがかくされている。こうした表現方法はかえって通り一遍のお礼の句にならず、贈物を貰った記念の句にふさわしい。贈物をした方でも、下手なお世辞の句より気持ちのいいものである。

三千の俳句を閲《けみ》し柿二つ　（同年作。「ある日夜にかけて俳句函の底を叩きて」の詞書がある。季題「柿」）

「俳句函の底を叩く」というのは、子規の病床の傍にいつも置かれてあった俳句の投稿を入れる箱から、次々と取り出して、ようやく最後まで見終わったという意。「閲する」は、調べる、検査するの意。ここではたくさんの投稿の中から秀れた句を選び出す仕事。選句のこと。

投句は三千もあったのであろう、それほどたくさんの句を見終わって、やっとほっとした気持ちになり、柿を二つ食べたの意。「三千の俳句を閲し」には、その日は一日中選句に没頭して、相当に疲労しきっているさまが、「柿二つ」には病人には重すぎるほどの仕事を終えて、安心し、同時にがっくりしている気分がうかがわれる。病床での子規の起居がありありと思い浮かぶ、卓越した句である。おそらくこの句は、柿を食べ、さて眠ろうと枕頭のランプの灯を消してはみたが、頭の中は見終わった投句のことで興奮し、容易に眠れそうになかった時に、作られた句なのであろう。高浜虚子の小説『柿二つ』の題名はこの句からとられた。

夏野尽きて道山に入る人力車

(同年作。季題「夏野」)

人力車に乗って、ずいぶん長い夏野の道をやってきた。その道がようやく山路になるところまできて、いよいよ人力車は山路にさしかかるの意。正面にせまってきた山路を中心に、一人の旅人を乗せた人力車を描いた句であるが、「夏野尽きて」には、人力車はだいぶ長い時間、夏野の中を走ってきたこと、人力車の後には広々とした夏野が横たわっていることなどが自然に想像される。汽車や電車が現在ほど発達しなかった時代には、人力車で旅行する人が多かった。野の道や山路を歩いていると、ときどきこのような光景に出会った。決して珍らしい光景ではない。けれどもこの句は旅をしているとよく見かけた、なんでもない風景を実にあざやかに描き出している。とりわけ広大な夏野の感じがよくでている。

野道行けばげんげの束のすてゝある

(同年作。季題「げんげ」)

やはり野原に関した句であるが、これは春の野道に捨ててある一束のれんげ草を詠んだもの。「げんげ」は、れんげ草のこと。春の野には、黄色い菜の花や濃いピンク色のれんげ草が咲き乱れている。そんな美しい野原の中の道を作者は歩いて行った。ふと見るとれんげ草の束が落ちている。姿はとっくに見えないが、作者が通る前には、子どもたちがれんげ草の花束を作って遊んでいたのであろう。それに飽きてほおり捨てていった花束が、今、作者の眼に鮮明に映った。単純だが、春の野道の情景を明確に表現し得た句である。

犬が来て水飲む音の夜寒かな　（同年作。季題「夜寒」）

「夜寒」は冬の夜の寒さとは違う。晩秋の夜、うすら寒く冷えこんでくる寒さで、耐えきれないような寒さではない。火鉢やコタツが恋しい、そろそろ暖房の用意をしようかな、というほどの寒さ。
秋の夜寒のころは、あたりはひっそりと静かである。まして母と妹と三人でわびしく暮らしている作者の家ではなおさらのこと。話し合う声も聞えない。女たちは夜なべの仕事でもしているのであろう。子規の読書や仕事の邪魔になるといけないから、大きなもの音もたてない。まったく静かな夜である。その時、外で犬がぴしゃぴしゃと水を飲む音が聞こえた。その音は改めて冬が間近にやってきた寒さを感じさせる。犬の飲む水音で、冷えこんできた寒さの感じがうまく表現されている。

長き夜や障子の外をともし行く　（明治三十一年作。季題「長き夜」）

「ともし」は灯、ここでは燭台に柄がついたものをいう。「ともし行く」は手燭を持って通っていくこと。

前句と同じように静寂な秋の夜の句である。母か妹が他の部屋へ何か物を取りに行くために、手燭を持って通っていく灯の影が、子規の病室の障子に映ったのである。単調で寂漠とした秋の長い夜、病室では何の変化もない。灯が障子の外を通るという、なんでもない小さなできごとが、その時作者には、病室の単調さを破るような大きなできごとに思われた。この句の興趣はそういうところにある。家族が多勢いるとか、春や夏の夜ならばさほど感じない灯の影が、秋の夜だけに作者の感興を呼びおこした。句の背後には、淋しい病室のさまと、孤独な作者の心境とがあって、読者にもそれらは十分に伝わってくる。実際に長い間、病床にある人でなければできない実感のこもった句である。「障子の外をともし行く」の十二字は、平明な描写のうちに事実をはっきりと描くに成功しており、こうしたところに子規の句のうまさがある。

月曇る観月会の終りかな　（同年作。「元光院観月会」の詞書がある。季題「月」または「観月」）

「元光院観月会」は陰暦八月十七日に陸羯南が主催した月見の宴である。学者や詩人や日本新聞社の人々が集まり、上野の元光院で開かれた。子規は歩行が不自由だったので襟巻を鼻の上まで巻きつけ、綿入れの羽織を着て、人力車に乗って出かけた。久しぶりの外出で気持ちはうきうきしていた。観月会も終わるころになって月が曇ったという事実を詠んだ句。終わるころに月が曇ったのであるから、会が始まったころや会の最中は月が皓々《こうこう》と照っていて、月見には申し分ない夜であったと想像される。集合した人々はそれぞれ話に興じたり、酒を酌んだり、琵琶を弾じたり、美しい月を愛でたりした。ようやく散会のころとなり、しばらくぶりで楽しみを味わった子規の気持ちはふとさびしさを感じた。その時、ちょうど月が曇ったのである。作者のさびしさと月が曇った時とが偶然にぴたりと合致し、それがこの句の生命となった。表面は月が曇ったという写生なのだが、裏面には作者の名残りを惜しむ気持ちとさびしい気持ちがどっしりと横たわっている。観月会も終わりとなったから月が曇ったのであると理屈っぽい解釈を加えると、この句は死んでしまう。

ひとり生えの草皆花となりにけり　（同年作。「小庭」の詞書がある）

「ひとり生え」は、去年根だけを残してみな枯れてしまった植物が、なんの手入れもせず、肥料もやらないのに、春には芽を出し、夏には葉が茂り、秋には花をつけるということ。病室から眺めた小さな庭の自然の変化をすらすらと、なんの苦心もなく詠んだ句。春、夏、秋、冬と植物が雨や日光によって自然に成育していくさまを病のつれづれに楽しみをもって眺めていた作者の眼や心が感じられる。子規はときどき病や生活や仕事をまったく忘れて、庭の自然のさまをうっとりと眺めているようなことがあった。自然のさまをそのまま句にすることによって、作者の落ちついた生活と心境をみごとに写し出した。客観写生の句は、実際には自然界のごく一部分を描写するだけであるが、その裏には周囲の光景やそれを詠んだ時の作者の心境を写し出さねば無価値なものとなってしまう。子規のこの句などはそういう意味で、まったく的確な写生句といえよう。子規の俳句はこの年（明治三十一年）ごろから急激に数が少なくなっていくが、反面、作句の上で一進境を示し、ますます上手な句が多くなる。この頃からいわゆる写生句の円熟時代をむかえる。

野分待つ萩の景色や花遅き　（同年作。「小庭」の詞書がある。季題「萩」）

前句と同じように秋の小庭の場景を詠んだ句。萩の花はまだ咲かない。毎年、今ごろにやってきて、萩に限らず、いろいろな草花や樹木を傷つけてしまう野分もまだやってこない。だが、萩のさまを見ていると、そろそろやってくる野分を待っているような気配であるの意。萩が野分を待っているというのは少しおかしいようだが、これはいつも、庭の様子をたんねんに観察していて、萩のさまも逐一《ちくいち》眺めていた子規には、ちょうど野分が吹く直前のような模様に思われたのである。興趣深い句である。

風呂吹の一きれづゝや四十人　（明治三十二年作。「蕪村忌集まる者四十余人」の詞書がある。季題「風呂吹」）

「蕪《ぶ》村忌《そんき》」は江戸時代の俳人与謝蕪村の忌日。十二月二十四日。明治三十年四月から十月まで、子規は新聞「日本」に「俳人蕪村」を連載し、それまで俳人としてさほど認められなかった与謝蕪村を激賞した。蕪村を発見したのはもちろん子規が最初で、子規の功績のひとつである。子規庵ではその年から芭蕉忌にならって蕪村忌を催した。この句ができた明治三十二年は三回目の蕪村忌である。蕪村忌には妹と母が作った風呂吹を食べ、記念の写真を写した。前年まではさほど出席者もいなかったのが、この時はにわかに四十人あまり集合したのである。まさかこんなに多勢集まるとは思わなかったので、風呂吹の大根は一人に一きれずつしかいきわたらなかった。そういう意味の句である。

「風呂吹」とは、大きな太い大根を三センチほどの厚い輪切りにし、とろとろと煮こむ。それを熱いうちに胡麻味噌をつけて食べる料理で、日本的な淡泊な味がする。蕪村忌に風呂吹大根を食べるというのは、いかにも質素を好んだ子規らしい提案である。この句には、芭蕉とは趣を異にする印象鮮明な句を得意とした蕪村を発見した子規が、蕪村忌を思い立ち、三年目には四十人もの人たちが集まり、狭い子規庵が満員になり得意顔でいる彼の面目が、実によく表われている。

ところで明治二十九年の子規の句に、「芭蕉忌に芭蕉の像もなかりけり」というのがある。芭蕉を俳諧の神様のように崇拝した月並俳句の宗匠たちのもったいぶった形式主義を嫌った彼は、こうした句を作って俗っぽい宗匠たちに反抗した。蕪村忌の句と、この芭蕉忌の句を合わせて考えると、おのずから質素を心がけた子規の気持ちをうかがい知ることができよう。

木々の芽や新宅の庭とゝのはず　（同年作。季題「木の芽」）

春になって木の芽がいっせいに若緑の顔をのぞかせた。この家は新築したばかりである。したがって庭の植木も、手当りしだいに植えたにすぎないので、庭らしい体裁がまだ十分に整っていない。木の枝に若葉がでると、枯れ木の時にはさほどぶかっこうに感じられなかった庭のさまが、一段とぶかっこうに見えるの意。この句もするどい観察が行き届いている。

のら猫の糞して居るや冬の庭　(同年作。季題「冬の庭」)

前句の春の庭とはちがい、冬のものさびしい庭の模様である。子規庵の小庭は身動きのできない病床の子規を、どれほど慰めるに役立ったか、また、庭の中の小さなできごとがどれほど彼を慰めたか、この句によっても容易に推測できよう。句の意味はあきらかである。草花の枯れはてた、何の情趣もない冬の庭を眺めていると、のこのこと一匹の野良猫がやって来た。と、まもなく、朽ちた草花の根元あたりに猫が寒そうに糞をしている。「糞して居るや」ということによって、いっそう枯れはてた庭の寒々とした感じが強調され、句がいきいきとしてくる。不潔さは全然感じられない。

余談であるが、糞とか小便とかという醜悪なものは、小説では近代の自然主義文学が勃興しはじめてから取り扱われるようになったが、俳句では芭蕉の時代から美醜とか、善不善とかに関係なく扱われてきた題材である。醜いものであろうが、汚ないものであろうが、それが句の生命となり、その句に不可欠な重要な役割を果すとすればそれは十分俳句の素材になり得る。この句もその一例である。

初芝居見て来て晴着いまだ脱がず　(明治三十三年作。季題「初芝居」)

正月、歌舞伎座あたりへ一張羅の美しい晴着を着て出かけて行き、芝居見物をしてきた女が、帰宅してもすぐには晴着を脱がず、観てきた芝居の話をしているとか、なんとなく火鉢の横に坐っているとか、といったような場景。それを三者の立場で詠んだ句。芝居見物となると女たちは長い時間をかけて化粧をし、着物を着るにしても出かけるまえから心が浮き浮きして、なかなか準備が整わない。

さて、その芝居から帰ってくると、芝居見物で疲れたうえ、化粧がくずれていたり、着物も着くずれがしていたりして、出かける時に比べると、なんとなくがっくりした様子である。いささか心持ちも淋しげに見える。晴着はまだ脱がないで、華やかな恰好をしてはいるのだが、その華やかさも潑剌としたところのない、名残りをとどめるような、華やかさである。そういう点に目をつけたのがこの句である。単なる芝居ではなく、初芝居であるからなおさらくずれかけた華やかさの、やや寒々とした感じが想像される。芝居見物に出かけた女は、作者の家族と解する必要はないが、いつもは芝居とは縁遠い、質素なわびしい生活をしている女が、たまたま正月なので、めかしこんで、芝居見物に出かけたのだと考える方が、この句を味わい深いものとする。

仏《ほっ》を話《わ》す土筆《つくし》の袴剝きながら　（同年作。季題「土筆」）

土筆の袴をとりながら、ある来客と仏について話をしているという意。土筆は、家の人が近くの堤か路傍に生えていたのを摘んできたのであろう。ごはんにたきこんだり、つくだ煮にしたりすると、ほろ苦い風味があってよろこばれる。家人が摘んできたその土筆の袴を剝きながら、人と仏の話をしている。句の中心は「土筆の袴を剝いでいる」ことで、「仏の話」ではない。のどかな春の、気分のいい日の子規の面影が思い浮かぶ。

凩《こがらし》や燈炉にいもを焼く夜半　（同年作。季題「凩」）

明治三十三年の冬から、子規の病身はいよいよ寒さに堪えがたく衰弱してきたので、虚子や不折が石炭ストーブを贈つた。それはごうごうと音を立てて、よく燃えた。それまでは病室を暖めたのは石油ストーブである。石油ストーブといっても現在のもののように改良された便利なものではなく、旧式な使用するにも不便なものであった。彼はそれを燈炉と名付けていた。つまり「燈炉」とは石油ストーブのことである。来客もとっくに帰ってしまった。家族も寝床にはいったらしい。冬の夜半である。眠ろうとしても苦痛のためになかなか眠れない。苦痛をまぎらすものはない。そこで元来、健啖家の子規は、何か食べるものがないかと尋ねると、母は芋ならばあると答えたのであろう。芋はもちろん焼いたりふかしたりした芋ではなく、なまのさつま芋である。そこで母の手をわずらわして芋を洗い、切ってもらって焼いてみようと考えた。火鉢の火は消えている。ふと思いついたのが石油ストーブの火で、芋をあぶり焼くことである。子規は少年時代から芋は大好きであった。その好物の芋を凩の吹くさびしい夜半に焼いて食べ、苦痛と空腹をしのいだあわれな境遇と、ともすれば物の不足がちであった貧しい彼の外的生活と、また、そういう環境の中でいつも満足しようとしていた彼の内的生活とが感じられる。しみじみとした秀句である。

土筆煮て飯くふ夜の台所　（明治三十四年作。季題「土筆」）

前句と同じように貧しい生活を想像させる句である。台所で食事をしているのは母と妹である。何をさておいても母と妹は子規のために尽した。子規の文学的業績も、この肉親の尊い犠牲があってはじめて成されたのである。病人の子規には、栄養のあるもの、好きなものなどを料理したが、自分たちはできるだけ質素な食事でがまんしていた。子規に同情を寄せる知人や全国の有志から贈られてくる食物も、家族の口には滅多に入らず、彼のためにとって置かれた。

平凡な、さほど上手な句ではないが、この句にはそうした謙虚な家族の思いやりが十分にうかがえる。病床で子規が食事をしたあと、その跡片づけもすんで、母と妹は二人、台所でひっそりと、土筆を煮込んだおかずで、粗末な夕食を取っているのである。

母と二人いもうとを待つ夜寒かな
いもうとの帰り遅さよ五日月

（同年作。季題「夜寒」「五日月」）

ほとんど遠くへ外出することもない妹が、たまたま親類か知人の家へ出かけ、帰宅時間がとっくに過ぎたのに帰ってこない。遅いことを気にしながら、今か今かと待っている句である。家族三人がほそぼそと互いに助けあい、精神的にも深く結ばれて生活していたさまが、これらの句にも十分に表われている。しかしこのころの子規は、すでに腰部の脊髄炎が悪化し、時には危篤状態に落ちるほど病気が重くなっていた。

柿くふも今年ばかりと思ひけり

同年の秋に詠んだ彼の句である。秋になって大好きな柿を食べるのもおそらく今年が最後かもしれない。来年の秋は死んでしまっているだろうの意が含まれている。事実、子規の「死」は一年後に迫っていた。

草花を画く日課や秋に入る　（明治三十五年作。季題「秋」）

句の意味は明瞭である。病勢がしだいに全身に広がりはじめ、仕事ができなくなると、子規は激痛や高熱の苦しさを水彩画を描くことによって慰めた。晩年には絵を画くことが、彼の日課にもなっていた。同年の春には、「春惜む一日《ひとひ》絵を書き詩を作る」の句がある。春には春の草花を、夏には夏の草花を描いていた。最近は夏の鉢植えの草花を多く描いていたのだが、ふと今日、枕もとに置かれた鉢植えの花をみると、それは秋のものであった。ああ、もう秋になったのだなあという強い驚きがこの句の生命である。たまたま草花を描いた日の句ではなく、ずっと毎日毎日描いていて、そのことをこうしたふとした感興を捉《とら》えて詠んだところに価値がある。先に明治二十九年の句で解説した、「稲刈りてにぶくなりたる蝗《いなご》かな」の句に似ている。貴重な写生句である。高浜虚子は、「子規句集講義」の中で、

「ふと眼の前にあるものを見たから、すぐそれを写生すると言ふやうなものは写生としても価値の少いもので、それよりも我等が長い生活の中に泌々経験して来たことを、或機会を得て現すといふやうなものが、写生句として最も価値のあるものである。写生といふことが動《やゝ》もすると軽侮されることを残念に思ふ我等にあつては、かういふ一見極めて平坦な句が背後に多くの滋味を蔵して居るところに着眼することを今の俳人諸君に要望するのである。」

と説明している。

糸瓜咲て痰のつまりし仏かな
痰一斗糸瓜の水も間に合はず
をとゝひのへちまの水も取らざりき

（「絶筆三句」季題は三句とも「糸瓜」）

「痰のつまりし仏かな」の「仏」は、重病の作者自身。もはや死んで仏になっているのも同然な身体なのでこう表現した。臨終の自分を徹底して突き放した、現実的、客観的な表現で、しかも静かで悲しい哀感がにじみでている。「痰一斗」は、切っても切っても出てくる痰を、大袈裟に漢詩的に表現したもの。「をとゝひ」というのは、ちょうど名月の夜のことで、名月の夜にへちまから取った水を飲むと、痰が切れるという伝説がある。十五夜の晩に取らねばならなかったへちまの水も取らず、自分は今こうして痰が喉にひっかかり、死のうとしているの意。死に直面した自分の気持ちをできるだけ落ちつけ、客観的に見つめている彼の心持ちが酌みとれる。子規はこの三句を書くと筆を投げ捨て、その後ほとんど物もいわず、この日の夜半に死んだのである。辞世の句と意識していたことは確かであろうが、前々から辞世のために準備していた句とは考えられない。たぶん咄嗟《とっき》にできた句なのであろう。

それにもかかわらず、軽く流動感のある明朗透徹の句境は、とても死に瀕した時の句とは思えない。深刻さのない豪快な詠みぶりにしろ、大切なことだけをずばりと言いのけた表現にしろ、子規の生涯の句の中で

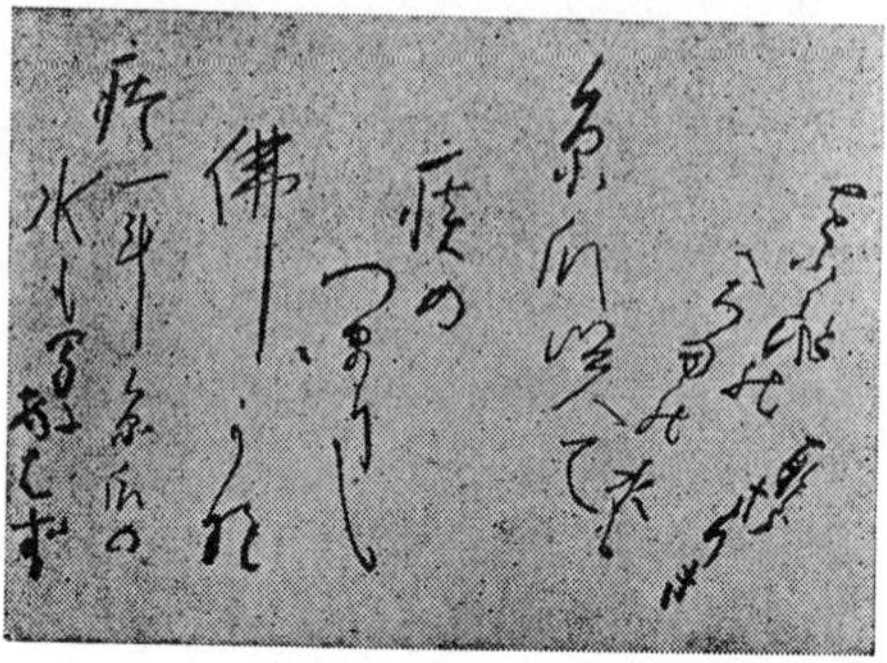

子規辞世の句

も、彼の力量をみごとに発揮した代表的な作に属する。

斎藤茂吉は「正岡子規」の中で、芭蕉の辞世の句と比較し、次のように絶賛している。

「旅に病んで夢は枯野をかけめぐる　芭蕉
糸瓜咲て痰のつまりし仏かな　子規

割合に意識の濁らなかつた芭蕉が、一句をつくれば、夢をいひ、枯野をいふ。麻睡剤のためにうとうととし勝ちな子規が辞世の句をつくれば、仏《ほとけ》と咏じて居りながら、『痰のつまりし』といふ。この婆婆的なところが、子規文学の特色でもあり、写生の妙諦でもある。そして、この娑婆的、現実的現象の追尋がおのづからにして永遠に通じ、彼岸界にもつながるので、子規が残した傑作の幾つかは即ちそれなのである。」

写生の道

——俳論——

前述のように子規の主な句を読んでみると、その最も大きな特色は、大半の句が写生に基づいていることがわかる。

しかしこのことは、子規の俳句の中には、「写生」に対する「理想」の句がほとんどないということを意味するのではない。それどころか、とりわけ初期の句には「理想」を詠んだ、意味の難解な句が多い。にもかかわらず、子規の代表的な句といえば「写生」の句が多くなってしまう。

つまり、子規はもともと写生を好んだのではなく、何か或る動機があって、それ以後、文学に写生ということを主張したのである。「写生」か「理想」かということは、単に俳句に関してのみ言われることではなく、文学全般、ひいては芸術全般に関して、常に対立する重要な問題なのである。

明治二十年代においては、特にはなばなしく「写生」と「理想」が真向から対立し、坪内逍遙が「没理想」を主張すると、森鷗外がこれに反対して「理想」を唱えた論争がおこったり、尾崎紅葉が創作において「写実」に重きをおけば、片方の幸田露伴が「理想」をもって対抗するというような現象がおこった。ところが当時の子規は、第一編でも述べたが、紅葉よりも露伴を崇拝し、露伴の「風流仏」という理想がかった小説に徹頭徹尾傾倒し、自分も露伴のような作品を書き、小説家になりたいと考えて、処女作「月の都」を書いたのであった。けっきょく、これは失敗に終わったが、このことによっても明らかなように、子規は「写生」派というよりも「理想」派だったのである。そういう子規が、なぜ一転して「写生」を唱導するようになったか、そして彼の主張した「写生」とはどのようなものかを述べてみたい。

俳諧大要

「俳諧大要」は、明治二十八年に成った、子規の俳句観を体系的に述べた代表的な俳論である。この俳論の最も大切な点はもちろん「写生」を主張しているところにある。そこで彼の「俳諧大要」の内容を説明する必要があるが、その前に理想派の彼が、「写生」を唱導するにいたった動機を簡単に述べてみよう。

写生主張の動機

明治二十七年二月、子規は「日本」新聞の姉妹紙として発刊された「小日本」の編集主任となり、多忙な毎日を過ごしていたことはすでに述べた。その時、彼が編集主任となっていちばん困ったのは、新聞小説の挿絵を描く、適当な画家を見つけることであった。そこへ現われたのが、第一編でもしばしば名前の出てきた中村不折である。不折を子規に紹介したのは洋画家浅井忠である。

「不折氏は先づ四五枚の下絵を示されたるを見るに水戸弘道館等の画にて二寸位のふき物なれど筆力勁健にして凡ならざる所あり、而して其人を見れば目つぶらにして顔おそろしく服装は普通の書生の着たるよりも遙かにきたなき者を着たり、此顔此衣にして此筆力ある所を思へば此人は尋常の画家にあらずとまでは即座に判断し、其画はもらひ受けて新聞に載する事とせり。これ君（筆者注、不折のこと）の絵が新聞にあらはれたる始なり。」

これは、明治二十七年三月、「小日本」新聞社の屋上で中村不折と初めて対面した子規の印象記である。第一印象ですでに不折の中に画家としての非凡な才能を発見した子規は、直ちに不折を採用したばかりか、その後二人の間には子規が歿するまで深い友情が続いた。不折は子規と同郷の洋画家下村為山の親友であり、かつ、当時洋画家として有名であった小山正太郎の弟子である。

こうして知り合った不折から子規はいろいろ学ぶことが多かった。子規はそのころ、西洋画より日本画を尊重していたが、不折の画論を聴くたびに、しだいに西洋画の方へ傾いていった。そしてとうとう、不折がしきりに論じる西洋画の画法を、彼の俳句に応用してみようと考えたのである。不折の論じた画法とは、即ち「写生」である。

というのはそのころ、工部美術学校という美術関係の学校を設立するために、イタリアの田園派画家アントニオ・フォンタネージが招聘され、来日していた。このフォンタネージが講義の中で盛んに写生方法を解説したのである。画家の目的は天然物、人造物を丹念に模写することにあると言い、写生の法則は、眼に見たものをすべてありのまま写すのではなく、画家が天然物や人造物の中から適宜に写すべきものを取捨選択することであると説いた。簡単に言えばスケッチすることである。

このようなヨーロッパ風な画法に啓蒙され、忠実にフォンタネージの画論を実行したのは、俊才といわれた小山正太郎や浅井忠であった。彼等はフォンタネージの写生理論を学ぶと同時に、門下生の中村不折や下村為山にそれを指導した。かくして不折は子規に、フォンタネージの素朴な写生理論を語ったのである。

「俳諧大要」の内容

明治二十八年十月二十二日から十二月三十一日の三か月にわたって、「日本」新聞に連載した子規の「俳諧大要」は、俳句における彼の写生論であるとともに、それまで月並俳句に満足していた宗匠たちに対して、俳句革新を目指して放った新意見である。これ以前に、子規が俳句革新の第一声として放ったのは、明治二十五年六月から十月へかけて、やはり「日本新聞」に連載した「獺《だっ》祭《さい》書《しょ》屋《おく》俳《はい》話《わ》」であるが、これは俳句分類の仕事から学んだ古い俳諧の知識を活用した随筆的な著作で、系統だてた俳論ではない。したがって「俳諧大要」は、彼が自己の俳句観を述べようと、意識して体系的に論じたもので、彼の代表的俳論であるばかりか、「俳人蕪村」と並んで、彼の著作中もっとも力編といえる。内容は、「俳句の標準」、「俳句と四季」、「俳句と他の文学」、「俳句の種類」、「修学第一期」、「修学第二期」、「修学第三期」に分かれている。けれども、この「俳諧大要」は決して難解なものではない。むしろ西洋画の写生理論をそっくりそのまま応用した、単純素朴な俳句論である。

「俳句は文学の一部なり。文学は美術の一部なり。故に美の標準は文学の標準なり。文学の標準は俳句の標準なり。即ち絵画も彫刻も音楽も演劇も詩歌小説も皆同一の標準を以て論評し得べし。」

これは「俳諧大要」の冒頭である。俳句は文学の一部であり、文学は美術の一部である。であるから美術の美の標準はそのまま俳句にあてはまるといった、実に大雑把な割りきった考え方で終始その論をすすめている。そしてこの大雑把な俳論の根本となる写生論は、「空想」に対して「写実」ということばで説明され、「空想」よりも優れたものとして考えられている。たとえば子規は次のように論じている。

「俳句をものするには空想に倚《よ》ると写実に倚るとの二種あり。初学の人概ね空想に倚るを常とす。空想尽くる時は写実に倚らざるべからず。写実には人事と天然とあり。偶然と故意とあり、人事の写実は難く天然の写実は易し。偶然の写実は材料少く、故意の写実は材料多し。故に写実の目的を以て天然の風光を探ること最も俳句に適せり。」

簡単にいえば、俳句を作るには空想によるのと写実によるのと方法は二種類ある。写実には人事を写す場合と自然を写す場合と、これも二種類ある。どちらかといえば、自然を写すよりも人事を写すのはむつかしいから、自然を写生する目的で句を詠むのが最も俳句にふさわしいというのである。

「空想より得たる句は最美ならざれば最拙なり。而して最美なるは極めて稀なり。作りし時こそ自ら最美と思へ、半年一年も過ぎて見たらんには嘔吐を催すべき程いやみなる句ぞ多き。実景を写しても最美なるは猶得難けれど、第二流位の句は最も得易し。且つ写実的のものは何年経て後も多少の味を存する者多し。」

簡単にいえば、空想によっても写実によっても最美なる句はなかなか得がたい。しかし写実による方が最美とまではいかなくても二流の句は作りやすい。また後になってもそれほど嫌味を感じることがないというのである。

「作者若し空想に偏すれば陳腐に堕ち易く自然を得難し。若し写実に偏すれば平凡に陥り易く奇闢なり難し。空想に偏する者は目前の山河郊野に無数の好題目あるを忘れて徒らに暗中を模索するの傾向あり。写実に偏する者は古代の事物、隔地の景物に無二の新意匠あるを忘れて目前の小天地に跼蹐するの弊害あり。」

簡単にいえば、空想による句は頭の中で模索しがちなので陳腐になりやすく、写実による句は目前の小さなできごとに捉《とら》われすぎ、句が平凡になりやすい弊害があるという意である。

以上を要約すればけっきょく、初心者には空想より写実がふさわしく、上手な句はできないにしても二流くらいの句は容易にできる、つまり空想より写実の方が優位であると説いているにすぎない。これが「俳諧大要」の中心を成す理論である。

ところが芭蕉の句にしても蕪村の句にしても、写実という立場からだけでは解釈しにくい秀句が多い。そこで子規はまさか蕪村や芭蕉をないがしろにすることもできないので、「俳諧大要」の「修学第三期」で「空想と写実と合同して一種非空非実の大文学を製出せざるべからず」（空想と写実とをうまく混用して、そのどちらにも属さない秀れた句を作らねばならないの意）

と認めないわけにはいかなかったのである。このように「俳諧大要」における子規の写生理論は極めて単純幼稚なものである。

「俳諧大要」の意義

「俳諧大要」は今まで述べてきたように、子規の代表的な俳論とはいえ、内容はいたって素朴な、西洋画の写生方法をそのまま適用した、単純な理論が論じられているにすぎない。

だが「俳諧大要」には有意義な点も少なくなかった。それはなんといっても、第一に今まで旧式な宗匠たちによってひとりじめされていた俳諧を、特殊な世界からひっぱり出し、近代の新しい思潮の前に臆せずその正体をあらわし、正当な批判を加えた点にある。第二は、俳諧を特殊な世界からひっぱり出すことによって、これまで連句の発句としてだけ考えられてきた俳句そのものの、歴史的性格をまったく無視し、五、七五の短詩型文学として独立させ、他の文学ジャンルと同じ標準まで持ちあげた点にある。

先の「獺祭書屋俳話」も何一つ恐れることなく俳諧に対する子規の意見を堂々と述べたものであったが、これに啓蒙された読者は、「俳諧大要」によって、更に新しい俳句へ興味を抱くことができるようになった。その上、子規の説く俳句論が写実に基づくものなので、読者はいたって容易に句作を試みることができたのである。画家が自然や人事をスケッチするように模写すればいいという単純なわかりやすい写生方法は、作句者の主体的な感情や意志とは何ら関係がないだけに、初心者には受け入れられやすい長所を持っていた。作句にあたっては、もっぱら自然や人事に対して感覚的な契機を捉えることだけを注意すればいいことになる。また、西洋画の写生理論では、「取捨選択」が必要とされたが、子規は俳句の場合にも「取捨選択」を応用し、できるだけ対象物を印象的に捉えることを強調した。では、「取捨選択」とは具体的にどのようなことをいうのであろうか。

ある僧の月も待たずに帰りけり

この句は明治三十一年秋に詠まれた、「元光院観月会」の句である。

観月会に集まった人々は、いずれも月の出を待っている、ところが一人の僧が会に列席していながら月の出を待たずに帰ってしまった、何かの用事で元光院へ来たところ、観月会が開かれるというので、ちょっとそこへ顔を出したのかもしれないし、忘れていた用事を思い出して急に帰って行ったのかもしれない、理由は何にしろ、一人の僧が月を待たずに帰ってしまった、子規はその事実に非常に強い印象を受けたのである。そうして作られたのがこの句である。句の表面は客観的な写生である。ところが観月会で一人の僧が月も待たずに帰ったことに興味を抱いたのは作者である。そして観月会の句でありながら、遅い月の出を詠まずに僧を詠んだ――あたりの光景の中から、帰っていく僧だけを選択したのは、ほかでもない作者の主観である。すなわち、客観写生の裏面には取捨選択の主観が働いているわけである。客観写生句における取捨選択とは、おおむねこのようなことをいう。

「俳諧大要」以後の写生

「俳諧大要」以後の子規の写生論は、「松羅玉液」、「病床六尺」、などの随筆などに散見できるが、「写実」が「写生」の語となり、「空想」が「理想」の語となっているだけで、写生論の内容は晩年まで殆んど変化せず、また深められることもなかった。ただ「俳諧大要」では写実の対象として考えられたのは「天然」と「人事」とほぼ半々であるが、次第に写生といえば、「人事」より「天然」を対象として考えられるようになったにすぎない。

写生の対象である「天然」の限定については、明治三十二年の「随問随答」に、次のように具体的にわかりやすく示されている。

「写生に往きたらばそこらにある事物、大小遠近尽く詠み込むの覚悟なかるべからず。大きな景色に対して二句や三句位をようようひねり出すやうにては迚も埒あかぬなり。大きな景色に持て余さばうつ向いて足もとを見るべし。足もとに萌ゆる草、咲く花を一つ一つに詠まば十句や二十句は立処に出来るわけなり。蒲公英《たんぽぽ》あらば蒲公英を詠め。嫁菜あらば嫁菜を詠め。麦畠あらば青麦を詠め。豆の花咲き居らば豆の花を詠め。畑打つ人を見つけたら畑打を詠め。芽をふく樹を見つけたら木の芽を詠め。霞んで居たら霞を詠め。うらゝかな天気であつたら、うらゝかやと遣るべし。日永、長閑《のどか》、暮春、夏近、桃花、楊柳、摘草、踏青《とうせい》、燕、孕雀《はらみすずめ》、材料は捨てる程にぶらついて居るなり。」

ここでは作者の意志や感情はまったく無視されている。俳句革新の第一声として「獺祭書屋俳話」を公けにした時、子規は月並俳句に対抗する新俳句の特色を挙げ、その中で、「俳句は知識に訴えるよりも感情に訴えなければならない」と主張した。けれども作者の主観や思想を何ら問題とはせず、このように眼に触れたものを次々と対象にして句作する方法は、けっきょく子規が、「俳諧大要」以上には写生論を深め得なかった原因といえよう。理由はおそらく子規の病気にあったといってさしつかえない。来る日も来る日も、自由に身動きひとつできない身体で、病床に横たわっていた彼が、俳句や短歌や、文章に描けるものといったら、小さな子規庵の庭の場景だけだったのである。病床から見える月を詠み、四季の草花を詠み、小鳥やのら猫を詠むためには、これ以上むつかしい写生理論がどうして必要であったろう。「自然をよく観察し、見たままを詠め」というところの自然とは、子規庵の小庭にすぎなかったのである。

黒きまでに紫深き葡萄かな
藤の花長うして雨ふらんとす
首あげて折々見るや庭の萩
牡丹の芽ひたぶる霜を恐れけり
病人の息たえだえに秋の蚊帳
痰一斗糸瓜の水も間に合はず

これらの句は、子規の晩年の作で、子規を高く評価する人々によっては、芭蕉も蕪村も追随を許さなかった、彼の本領を発揮した絶唱と見なされている。確かにこれらの句を味わってみると、純真な素朴さのなかった芭蕉の句とも、抒情的な余韻のなかった蕪村の句とも異なる、子規独特の詩境が感じられる。

俳人蕪村

「俳人蕪村」の内容

「俳人蕪村」は明治三十年四月十三日から十一月二十九日まで、「日本」新聞に発表された子規の俳論である。これは前の「俳諧大要」が体系的に俳句を論じたのに比較し、芭蕉と蕪村とを対比しつつ句を論じる形式が用いられ、俳句に関するなみならぬ子規の主張が、「俳諧大要」と同様に情熱的に書かれている。内容は蕪村の俳句の特質である幾つかの要素、つまり、「積極的美」、「客観的美」、「人事的美」、「理想的美」、「複雑的美」、「精細的美」を挙げ、それについての詳しい批評を加えたほか、蕪村の句の、「用語」、「句法」、「句調」、「文法」、「材料」、「縁語及譬喩」について述べ、更に蕪村の生きた「時代」、蕪村の「履歴性行」などについても書かれた堂々たる論文である。

子規がこの「俳人蕪村」でとった立場は、いうまでもなく、芭蕉の句に対して蕪村の句を優位におくこと

であった。しかもまず最初の部分から、

「芭蕉は無比無類の俳人として認められ、復一人の之に匹敵する者あるを見ざるの有様なりき。芭蕉は実に敵手なきか。曰く、否。」

というように、芭蕉なきあと、芭蕉を崇拝するにあまりに熱心であった俳句界の実状に対し、激しい勢いでぶつかっていく情熱を持って描かれている。

蕪村の俳句の「積極的美」とは、古雅、幽玄、悲惨、沈静、平易であらわされる芭蕉の句の消極的美に対し、雄渾、勁健、艶麗、活発、奇警な句をいう。芭蕉に雄渾な句がないわけではないが、「さび」とか「わび」とかいわれる消極的美の句が多く、俳句に積極的美を開拓したのは蕪村の功績であるというのである。

「客観的美」とは、主観的美に対する美の要素である。子規がいうには、日本の文学は古代から主観的美を発揮した文学が多く、それらの中では芭蕉の句などは、まだ客観的美を有する方だが、それとて蕪村の句の客観的美にはおよばない、客観的美は極度に達すると絵画と同じような美となるものだが、ちょうど蕪村の句は、そういう絵画の美に類似した客観性がある、というのである。

「人事的美」とは、複雑な人事を詠んだ句の美しさをいう。芭蕉の句はどちらかといえば、人事より天然を詠んだ句が多く、人事を詠んだ場合でも、自分以外の客観的人事を詠んだのではなく、概して自分の境涯を詠んだものが多い。これに対し蕪村には、自分以外の複雑な人事をなんの苦もなく思うまま自由に詠んだ句が多いというのである。

「理想的美」は実験的美に対する。「実験的美」とは、作句者の眼に触れた風景や、或いは体験したできごとを詠んだ句の美であり、「理想的美」とは、書物や話を聴いて、作者がまだ見たり経験したりしたことのない景色や社会の風俗やできごとを詠んだ句の美である。両者を比較して、子規が主張するのは、

古池やかはづ飛びこむ水の音

の句で、自己の俳句に独特の世界を開いた芭蕉は、徹頭徹尾、自分が見聞した事物の中から自分に関係のある事物だけを取り出して作句したにすぎない。したがって理想美の句はほとんどない。ところが蕪村の句には、奔放な理想美の句も多いというのである。

「複雑的美」は単純美と対比される。芭蕉の句において、美の特質の一つと見なされるものは、これも「古池や」の句により明瞭であるが、ごく単純な美を詠んだものが多い。しかし蕪村は、美は単純なりという古来の標準をかえりみず、卓然と複雑的美を俳句の美の一要素となしたというのである。

「精細的美」とは、細かな点にまで叙事形容の行きとどいた、印象明瞭な句の美をいう。芭蕉の句は全体的に叙事形容が大まかで風韻にすぐれているが、絵画のような客観的美を得意とした蕪村の句は、叙事形容が精細で、読者にはすこぶる明瞭な印象を与えるというものである。

以上がだいたい、子規が芭蕉の句に比較して蕪村の句を優位とした理由である。子規は芭蕉の句を全然認

めないというのでは決してないが、芭蕉の句の消極的美を十分に認めながら蕪村の積極的美をも認め、なお、これを芭蕉の句より上におくというのである。つまり、「俳人蕪村」における子規の主張は、作句者の内的世界に浮かぶ映像を俳句の素材とした余情のある主観的な句より、作句者の自由な空想、天然の事物や人事の複雑な配合、自然界の精細な叙事などの美を客観的写生の立場で描くことの方が大切であるということになる。いいかえれば、子規が「俳人蕪村」を書いた狙いは、彼が旧弊な月並俳句に対抗し、新俳句を築こうとしたときに、新俳句の特色として論じた主張を、あくまで遂行せんとしたところにあったと言えよう。

「俳人蕪村」の価値

ところで「俳人蕪村」の価値はどこにあるのであろうか。まず、なんといっても蕪村を発見したことであろう。それまで蕪村といえば、主として画家として知られていた。ところが子規が蕪村の句を発見して以後は、蕪村はもっぱら俳人としてその名声を高くしたのである。諸君の中でも蕪村を俳人としては知っているが、画家であったことは、案外知らない人も多いのではないかと思う。蕪村の代表的な句といえば、

牡丹散つて打重なりぬ二三片
五月雨や大河を前に家二軒
妹が垣根三味線草の花咲きぬ

月天心貧しき町を通りけり
うれひつつ丘にのぼれば花いばら

など、諸君もよくご存じの句が少なくない。このように芭蕉の句に比較し、絵画的で明るい句を得意とした蕪村も、子規が発見するまでは世に知られない、無名な俳人にすぎなかったのである。

第二は、「俳人蕪村」によって人々の「俳句」の領域に対する考えが広められたことであろう。子規が「俳人蕪村」を発表するまでは、俳句といえば芭蕉の句に代表されるように、沈静とか幽玄とかという、ものさびしい枯淡な消極的美の文学と考えられがちであった。けれども子規が、蕪村の句を激賞することによって、俳句にも艶麗、活発、雄渾な感じを詠むことが可能なことがわかり、俳句は消極的美と同様に積極的美をも含む文学として、自然にその領域が広まったのである。

第三に、内容からみた「俳人蕪村」の価値について考えてみよう。

「俳人蕪村」の内容は、だいたいのところ、先に述べた通りであるが、その中で最も大切な点は「客観的美」についてである。子規はいう。

「後世の文学も客観に動かされたる自己の感情を写す処に於て毫も上世に異ならずと雖も、結果たる感情を直叙せずして、原因たる客観の事物をのみ描写し、観る者をして之によりて感情を動かさしむること、恰も実際の客観が人を動かすが如くならしむ　是れ後世の文学が面目を新にしたる所以なり。要するに、主観的美は客観を描き尽さずして観る者の想像に任すにある。」

要約してみると、わずか十七文字の詩型へ作者の感情、意志、思想などを詠むことはおそらく不可能なことである。だが、俳句も作者の情意を表現せんとする文学であることにはまちがいない。そこで子規は、客観に動かされた主観を表現する文学が俳句であり、句の表面にはあくまで客観を描き、裏面に作者の主観を描くというのである。

俳句を子規がこのように限定したことは、俳句を他の文学ジャンルから切り離し、はっきりと俳句の固有な世界を確立せんとしたことを意味する。また写生について、客観的美の裏に主観的美を描くということは、「写生」の本質をするどくついた大切なことばであることに注目しなければならない。子規のこうした主張に基づき、子規以後の近代俳句のすべての作句者たちが句を詠むようになったのである。即ち、子規以後、いちじるしい発展を遂げた近代俳句において、作句を試みる場合の写生の指標となった。

だが、「表面には客観を描き、裏面には主観を描く」という言説は、ひたすら客観描写のみを重んじるというふうに考えられ、精細で正確な客観描写の工夫に必要以上の努力が費やされ、裏に描かんとする作句者の感情や思想はしだいに忘れられがちとなってしまった。そして自然の瑣末な写生がくり返されるという誤算が生じるようになる。これは子規の唱導した写生俳句の大きな盲点である。子規は晩年まで、この盲点に気づかすに終わってしまった。

以上が正岡子規の代表的な俳句ならびに俳論である。

更に短歌を

——短歌——

次に子規の短歌や歌論を解説し、短歌革新がどのように行なわれたのか、その主張はどのような価値があったのかなどについて考えてみることとしたい。

「竹の里歌」

「竹の里歌」は、子規自筆の歌稿に題してあったのをそのまま題名とした、子規の唯一の歌集である。もとの歌稿には、最も古いのは明治十五年から始まって晩年に至るまでの彼の短歌（新体詩、長歌を含む）二千首が記されてあった。その中から明治三十年以後の長歌十五首、旋頭歌《せどうか》十二首、短歌五百四十四首を選択して集録したのが、『子規遺稿竹の里歌』である。これは今までに幾つか編纂された「竹の里歌」のうち最も古いもので、子規歿後二年目の明治三十七年、伊藤左千夫、香取秀真《かとりほつま》、岡麓、長塚節、蕨真、安江秋水、森田義郎の六人の門下生の手によって、俳書堂から発刊されている。そのほかには、

斎藤茂吉、古泉千樫《ちかし》編『竹の里歌全集』（大正十二年発行）一三六七首集録
寒川鼠骨《そこつ》ほか三名編アルス版子規全集『竹の里歌』（大正十五年発行）一七五七首集録
子規全集刊行会編『定本子規歌集』（昭和三年発行）一七六四首集録
改造社版子規全集『竹の里歌』（昭和五年発行）一六七四首集録

などがある。なお子規歿後、子規自筆の歌稿は、伊藤左千夫のもとにまとめて蔵されていたが、左千夫の家が明治四十年八月水難にあった時、失われたので現存しない。

ここでは『子規遺稿竹の里歌』の中から代表的な短歌を選び、鑑賞することとした。明治三十年以前の短歌が省かれているのは、子規が短歌革新に着手する以前のものだからである。

御仏にそなへし柿ののこれるをわれにぞたびし十まりいつゝ
柿の実のあまきもありぬ柿の実のしぶきもありぬしぶきぞうまき
（明治三十年作）

「愚庵和尚より其庭になりたる柿なりとて十五ばかりおくられけるに」の詞書がある。京都の禅僧愚庵和尚から柿を贈られた時の歌で、先に述べた、「つり鐘の蔕のところが渋かりき」「御仏に供へあまりの柿十五」の句をさきに作り、ことに前歌は「御仏に……」の句を短歌の形式に作り変えたのがこの歌である。歌意は明瞭。短歌としての不自然さはさほど感じられないが、同じ内容を詠んだものとしては簡潔な俳句の方が

よい。

緑先に玉巻く芭蕉玉解けて五尺の緑手水鉢《てうづばち》を掩ふ　（明治三十一年作）

「芭蕉」については、「芭蕉破れて書読む君の声近し」（一一五頁）のところで述べておいたので省略する。「玉巻く芭蕉」というのは、芭蕉の若葉のこと。若葉は巻いて出て直立しているが、開きはじめるとだんだん四方にひろがる。「玉解けて」はそのさま。葉の色は浅い緑色でさわやかな感じを与える。

明治三十一年の子規の俳句には、

巻葉がちに一葉広がる芭蕉哉《かな》
其中に兀と芭蕉の巻葉哉
連翹は散つて玉巻く芭蕉哉
二葉垂れて一葉玉巻く芭蕉哉
庭を覆ふて芭蕉の巻葉とけにけり

などの芭蕉を詠んだ句が比較的多く、この歌はこれらの句に関連して作られたと考えられる、初期の代表的短歌である。芭蕉の葉はいたって大きく二メートル近いものもあるが、それを「五尺」といい切ったところはいかにも印象深い。俳句で表現の足りなかった部分を上手に補った歌だが、歌に詠もうとする材料が多すぎ、それをうまくこなしきっていない欠点がある。

試みに君の御歌を吟ずれば堪へずや鬼の泣く声聞こゆ　（同年作）

「金槐和歌集を読む」の詞書がある。この年二月に発表された子規の「歌よみに与ふる書」は、短歌革新の目的で書かれた有名な歌論であるが、その冒頭は、

「仰の如く近来和歌は一向に振ひ不申候、直に申し候へば万葉以来実朝以来一向に振ひ不申候。」

と始まっている。これによっても明らかなように、子規は「歌よみに与ふる書」では、万葉調歌人としての『金槐和歌集』の作者、源実朝の和歌を激賞しつつ、彼の歌論を展開させている。この歌はちょうどその歌論が連載中に作られたもの。そう考えて読むといっそう感慨深い。「堪へずや鬼の泣く声聞ゆ」は、感きわまって堪え得ないからであろうか、鬼神の泣く声が聞えるの意。「堪へずや」の「や」は詠嘆をあらわす疑問の助詞。この歌は、『古今和歌集』序の中で歌の徳を讃美した、「力をも入れずして天地を動かし、目に見えぬおに神をもあはれと思はせ……」（別に力を加えなくても天地の神々の心を動かし（感動させ）、目に見えない鬼（天の亡き人の魂）や神（天上の神）をもあわれと思わせ……の意。）の名文句をふまえている。子規は「歌よみ

に与ふる書」の中で古今集を価値のない、つまらない歌集と評価しているが、それより数年前までは古今集を崇拝していたので、古今集についてはかなり熟知していた。

実朝の歌を激賞した子規の情熱が十分に感じ取れる、簡潔ないい歌である。俳句ではこれに類似したものには、「柿くはゞや鬼の泣く詩を作らばや」がある。

菅《すが》の根の長き春日を端居して花無き庭をながめくらしつ　（同年作）

「菅の根の」というのは、菅の根は長く乱れているところから、長き、乱る、ねもころなどの語にかかる枕詞。「端居」は、家の端近く縁側などに坐っていること。「花無き庭」は、子規庵の小庭の場景、このころは萩、芒、ばらなどがあった。長い春の一日、家の端近くに坐って何をするでもなく、花もない庭を眺めながらくらしているの意。「ながめくらし」ているのは作者。第一句に枕詞を用いたほかは技巧的な部分はない。特に下二句は、平淡なさりげない表現のうちに病床にあった作者の悶々としたやるせなさがよくあらわれている。あわれ深い歌である。端居していたのであるから、病状はやや小康を得ていたのであろう。

臥しながら雨戸あけさせ朝日照る上野の森の晴をよろこぶ　（明治三十二年作）

「病牀喜晴」の詞書がある連作四首中の一首。人の気持ちというものは曇っているとか晴れているとかというふうに、天気の変化にずいぶん動かされやすいが、なかでも病人は感応しやすい。雨戸をあけると若みどりの上野の森の上に青空がどこまでも広がつている。すつきりと晴れ渡った春の朝のうれしそうな子規の様子が見えるようである。すがすがしい気持ちがあふれている。この歌も平易なことばで作者の気持ちを端的に言い尽した佳作に属する。

木のもとに臥せる仏をうちかこみ象蛇どもの泣き居るところ　（同年作）

「絵あまたひろげ見てつくれる」の詞書がある連作九首中の一首。この連作はすべて最後を「ところ」で結んでいる。子規は病床で仕事の暇々に画集を取り出して、あれこれと眺めていた。この歌は涅槃《ねはん》図を見ているうちに感興が湧き起って詠んだものである。平易なことば、嫌味のないユーモア、明るい余情などが特色。こういう境地を短歌で表現するのはなかなかむつかしいものだが、子規は長年俳句に親しんできて、自然に学び得たのであろう。後に斎藤茂吉がこの歌を読んでたいへん感動し、「地獄極楽図」と題する十一首の連作を詠んだ。

四年寝て一たびたてば木も草も皆眼の下に花咲きにけり　（同年作）

「始めて杖によりて立ちあがりて」の詞書がある。長い間寝てばかりいたのが、四年ぶりで立ち上ってみると、草木の花が全部、自分の眼の高さより下の方で咲いているの意。「四年寝て」というのは、ちょうど四年間寝ていたというのではなく、だいたいをいったもの。病床から眺めていると、草木の花は自分の眼の高さより常に上の方に咲いている。そういう光景を見慣れていたので、久しぶりに立ち上ってみると、花が眼より下に咲いているというごく当然な事実に驚嘆したのである。こうした驚きは実際に長い期間寝ていた人でないと感じることができない。それだけにすなおな表現の中に実感がこもっていて、あわれな感慨深い歌である。

同年の、「四年前写しゝ吾にくらぶれば今の写真は年老いにけり」という歌なども、あまり写真を撮る機会もない、わびしい病人の生活や気持ちがにじみ出ている素直な歌で、斎藤茂吉は、「私が子規の竹の里歌が機縁となつて作歌をはじめたころ、かういふ歌が私の注意を引き、世の中にかういふ種類の歌もあるものかと驚いたのであつた。」と言っている。

いたつきの閨《ねや》のガラス戸影透きて小松の枝に雀飛ぶ見ゆ
冬ごもる病の床のガラス戸の曇りぬぐへば足袋干せる見ゆ
ガラス張りて雪待ち居ればあるあした雪ふりしきて木につもる見ゆ
（明治三十三年作）

いずれも「ガラス窓」と題する連作十三首中の歌。「いたつきの閨」は病室のこと。高浜虚子から病室の南側へ入れるガラス障子を贈られた時の作。三首とも意味は明瞭。障子のようにすき間風も入らず、昼間はガラス障子を透して日があたるので日光浴もできる。その上、障子をしめると何も見えなくなった外の景色がガラス越しに思う存分眺められる。子規は嬉々としている。感興が一度にどっと湧きあがり、歌や句をたくさん作ったのである。二首目の「ガラス戸の曇りぬぐへば足袋干せる見ゆ」という表現は、当時の短歌にはまだみられなかったもので、清新な感じがでている。俳句で客観写生を重んじた子規は、短歌においてもしだいに客観写生を主張するようになった。この三首は、どれも実際に作者の眼に映った光景を捉えたもので、全体の調べは万葉調である。近世の歌人たちにはみられない子規の短歌の特色がうかがわれる。なお当時は、ガラス戸といえばまだ珍らしいもので、したがってガラス戸を題材にした歌も少ない。

ガラス戸の外に据ゑたる鳥籠のブリキの屋根に月映る見ゆ
ガラス戸の外は月あかし森の上に白雲長くたなびける見ゆ
紙をもてランプおほへばガラス戸の外の月夜のあきらけく見ゆ
小庇《をびさし》にかくれて月の見えざるを一目を見んとゐざれど見えず
ほとゝぎす鳴くに首あげガラス戸の外面《とのも》を見ればよき月夜なり

（同年作）

「六月七日夜」の詞書があり、病床即事の歌である。意味はあきらかである。前三首は作者の興味は戸外の月光の美しさにある。月夜といっても庭に下り立つこともできぬ身であれば、せめてガラス越しに月光の美しさを愛でているのである。月はもうだいぶ高くなったので病床からは見えない。鳥籠のブリキに映っているのを見るよりほか方法がない。それでもガラスを透かして白雲のたなびくさまを眺めたり、ランプの灯を弱めていよいよ美しい月光のさまを眺めたりしている。

ところが後二首は、歌の中心が月夜の美しさよりも病状の作者の姿勢にある。「ゐざれど見えず」とか、「首をあげ」という簡潔で適切な表現に身動きのとれない病魔に冒された不幸な作者の心持ちがにじみ出ている。

病みふせるわが枕辺に運びくる鉢の牡丹の花ゆれやまず　（同年作）

「左千夫より牡丹二鉢を贈り来る一つは紅薄くして明石潟と名づけ一つは色濃くして日の扉と名づく」の詞書がある連作三首中の一首。室内眼前の景を詠んだ歌。中心は「ゆれやまず」にある。枕辺に運ばれてきた牡丹の花が揺れ動いている、その花の揺らぎをじいっと見つめている強烈なほど鋭い作者の眼が感じられる。花の動的な状態を明快に表現した下句がなんともいえずよい。同じ連作中にある、「いたつきに病みふせるわが枕辺に牡丹の花のい照りかゞやく」という歌は、反対に花の静止している状態を巧みに詠んだもの。

くれなゐの二尺伸びたる薔薇の芽の針やはらかに春雨の降る　（同年作）

「庭前即景」と題した連作十首中の一首で、子規の写生短歌を代表するものの一つ。歌意は明瞭。俳句においてもそうであったが、子規の自然の風物風景を観察する眼は、年とともに細部にゆきわたるようになった。この歌などもいたって観察が克明で、しかものびのびとした歌調がすこぶる良い。どちらかといえば初期の短歌は写生しようとする材料が多すぎて、その材料を十分にこなしきっていない欠点があった。ところがこの歌では作者の興味は春雨の降っている庭に生えているいろいろな草木の中でも、特に薔薇の若芽にだけ集中している。それを、「くれなゐ」、「二尺」、「やはらか」という直接的なことばを使って、音もなく静かに降る春雨にそぼ濡れている、薔薇の若芽の状態をあますところなくみごとに捉《とら》えている。絵画的写実の効果を発揮した秀作である。なお同年の写生短歌で秀れたものを挙げれば、

松の葉の細き葉毎に置く露の千露もゆらに玉もこぼれず
松の葉の葉毎に結ぶ白露の置きてはこぼれこぼれては置く
庭中の松の葉におく白露の今か落ちんと見れども落ちず

など、松葉の小さな露の状態を的確に描いた作品がある。

瓶《かめ》にさす藤の花ぶさみじかければたゝみの上にとゞかざりけり
瓶にさす藤の花ぶさ一ふさはかさねし書の上に垂れたり
（明治三十四年作）

子規の代表的な短歌としてあまりにも有名である。

「夕餉したゝめ了りて仰向に寝ながら左の方を見れば机の上に藤を活けたるいとよく水をあげて花は今を盛りの有様なり。艶にもうつくしきかなとひとりごちつゝそゞろに物語の昔などしぬばるゝにつけてあやしくも歌心なん催されける。斯道には日頃うとくなりまさりたればおぼつかなくも筆を取りて」

という長い、やや感傷めいた詞書がある連作十首中の一、二首目の歌。

机の上に瓶にさしてある藤の花ぶさが置かれている。その花ぶさはたれさがっているが、畳の上には届いていないというごく平凡な事実を詠んだ歌で、それ以上の意味はなにもない。あまりに平淡、平明だからちょっと詠んだだけではこの歌の良さは全然わからない。俳句でいえば、

ある僧の月を待たずに帰りけり

の句に似かよっている。

　作者の興味は藤の花の美しさにあるのではなく、花ぶさが畳の上にはとどかないという花ぶさと畳との短い距離にある。作者は立っているのでもなく、坐っているのでもない。病床に横たわっているのである。寝ながら花ぶさを眺めているのだから花ぶさの位置はややななめ上の方にあたる。この位置にあってはじめて作者は、「たゝみの上にとゞかざりけり」という小さな事実に驚嘆し、深い感銘をおぼえたのである。「かさねし書の上に垂れたり」も同様である。活けてある花ぶさの中で一房だけはかたわらに積み重ねてある書物の上に垂れさがっているという些事に、作者は深く心を動かされた。その感動と詞書の感傷的な気持ちがいったいになり、実は純粋な写生短歌であるこの歌の裏面にかくされていて、それが歌の韻律を自然にし、全体を味わい深いものとしているのである。子規が晩年に達し得た、彼独特の高い境地をいかんなく表現したみごとな短歌である。アララギ派の人々によってこの歌は、子規の代表作と賞揚されてきたが、事実、子規のこれまでの短歌は、これを詠むためにあったといってさしつかえないほど秀れていて、近代短歌史上、稀にみる秀歌である。なお、後歌は前歌の余韻的役割を果たしており、この歌一首だけを取り出した場合は、さほどいい歌とは思えない。なぜならば、藤の花ぶさが短いという生命感のあふれた具体的な姿を、「一ふさ」という言葉だけには読みとることができないからである。前歌の「短かければ」といういきいきとした表現があってこそ、「かさねし書の上に垂れたり」という写生が真実の意味を持つといえよう。

いちはつの花咲きいでて我目には今年ばかりの春ゆかんとす
病む我をなぐさめがほに開きたる牡丹の花を見れば悲しも
夕顔の棚つくらんと思へども秋まちがてぬ我いのちかも
（同年作）

いずれも「しひて筆をとりて」と詞書のある連作十首中の歌。「いちはつ」は「一八」、「鳶尾」などと書く。あやめ科の多年生草木。高さおよそ三十センチ。五月頃、紫または白色のあやめに似た花が咲く。「なぐさめがほ」は「慰顔」で、慰めるような顔つきの意。俳句的表現である。「まちがてぬ」は、待つに堪えきれない、待つことができないの意。前の「藤の花ぶさ」の連作の中に、

瓶にさす藤の花ぶさ花垂れて病の牀に春暮れんとす

という歌があるが、この歌よりもいっそう死を間近に感じている作者のやりきれない気持ちがあわれに、なんの虚飾も加えずにうまく詠まれている。「病の牀に春暮れんとす」の表現だけではとても堪えきれない、せっぱつまった感情と、生へのはげしい愛着が作者の胸中に渦巻いていて、それが激流のようにあふれでたのが最初の歌である。

「牡丹の花を見れば悲しも」の「悲しも」という表現は、強がりの子規の歌にはちょっと例がない。安っ

ぽい感傷的な表現としては彼は今まで極力避けてきたのである。ところが我慢強い子規も病勢が加わるにつれ、彼の唇から洩れる吐息をどうすることもできなかった。その悲しい吐息とともにふと洩れて出たのが二首目の歌である。

このころの子規は、時には高ぶる感情を押さえきれず、時には悲しくせつない吐息を洩らし、時にはやや冷静になって、眼前にせまりくり「死」と日々対決しながら暮らしていた。三首目の歌は、人間の「死」をいくらかは客観的に考えることができて、どうするすべもない不幸な自分の境涯を静かに見つめている時の歌である。自分の死は刻一刻と近づきつつあり、今年の秋も待たずに死んでしまうというのである。第一編の最初に掲げた、

若松の芽だちの緑長き日を夕かたまけて熱いでにけり

の歌も、この連作中の歌である。この歌は「夕顔の……」の歌より更に淡々と、死に瀕した病人のやるせない心情を詠んでいる。どの歌も死を直前にしたその折々の実感が実にみごとに詠まれていて気品高い秀作ばかりである。長い間、闘病生活で明け暮れし、とうとう晩年に至った病人のあわれな境涯と感慨がこの連作ににじみ出ているのである。

以上、その幾首か代表的な子規の短歌をみてきたが、これによっても子規の短歌がいかに平淡、平明なも

のであるかおわかりいただけたと思う。短歌における写生方法も、俳句の場合と異なることなく、スケッチ風の単純な写生理論に基づくものである。平易な表現のうちに作者の情意を盛りこんだ彼の味わい深い短歌は、近世の歌人たちが詠んだ技巧的、遊戯的な和歌とはまったく違う新しい境地を詠んだものとして決して見逃すことはできない。

しかし、病床の小さな世界から一歩も抜けだすことができなかった彼の日常生活が致命的な障害となって、彼の短歌にわざわいしているといえる。すなわち、天然、自然の風物風景を写生するといってもそれは常に子規庵の小さな庭に限定されていて、それがため、短歌における「写生」ということについても、さほど深く考える必要がなかったので、彼の歌は、詳細な写生に秀れていても現実生活をより深く洞察し、それを自分のものとして完全に把握するというような精神に欠けている。こうした点が子規の短歌の最も大きな欠点であろう。また同じ風景を写生するにしても、彼の場合は短歌より俳句に秀作が多いことも忘れてはならない。これは作歌当初、

「和歌に面白き者が俳句には面白からず、俳句に面白きものが小説には面白からざるの理あらざるや」

と言い、俳句、短歌、小説などを同じ規準、同じ手法で考えていた子規の極めて単純な考えに原因する。けれども子規は作歌を続けるうちに、いくら俳句の力量があってもそれだけでは短歌は作り得ない。短歌には短歌の修業が必要であるとわかってきたのであるが、とにかく当初はそう考えて、俳句と同じ方法で作歌していたので、同じ自然の風景を詠んだような場合、修業年月の長い俳句にいい作品が多く生まれたわけである。

既成歌壇攻撃

――歌論――

歌よみに与ふる書

「歌よみに与ふる書」の発表動機

「歌よみに与ふる書」は明治三十一年二月十二日から三月四日まで十回に分けて「日本」新聞紙上に連載された正岡子規の歌論である。短歌革新の目的で書かれたことは改めていうまでもない。

子規は小説「月の都」で失敗したあと、俳句の道を一途に進み、従来の旧弊な俳諧に満足せず、俳句革新を唱え、新しい俳句を唱導したのであるが、明治二十九、三十年の二年間に、だいたいその目的が果たされると、野心家の子規は直ちに短歌革新に着手した。その第一声が「歌よみに与ふる書」であった。したがって「歌よみに与ふる書」は、子規の歌論に違いないが、系統だてて論理的に書かれたものではなく、短歌革新の意欲に燃える子規が、これまでの歌人に対して一気に情熱的に自己の主張を言い放ち、歌界に進出し対決せんという意気込みにあふれた力強い歌論である。

子規が短歌革新を思いついたのは決して一朝一夕の短い間にでもなく、偶然にでもない。以前から着々と準備が進められていた。

「和歌は老人の専有物となりて少年之に熱心従事する者無し。是に於てか和歌は活気無き者となり了れり。和歌は国学者の専有物となりて他の之に指を染むる者無し。是に於てか和歌は古来の模型の外に出づる能はざる極めて陳腐なる者となり了れり。」

これは明治二十九年、「日本人」誌上に発表した「文学」の中にみられる子規の歌に対する批評である。

「余も亦、破れたる鐘を撃ち、錆びた長刀を揮ふて舞はんと欲する者、只々其力足らずして、空しく鉄幹に先鞭を著けられたるを恨む」

これは同じ二十九年、子規が与謝野鉄幹の歌集『東西南北』に与えた序文の一部である。どちらも歌界に進出し、旧派歌人と対決しようとする当時の子規の心持ちを読み取ることができよう。換言すれば、子規の短歌革新は数年以前から彼の宿望となっていた。

ではなぜ彼は俳句革新につづいて短歌革新に着手せんとしたのであろう。第一には、子規は小説方面の才能にはめぐまれていなかったが、逆に短詩型文学方面に稀有な才能を先天的に与えられていたことである。彼は俳句革新が成功したとみるや、明治三十年ころ、新体詩界に進出せんと試みたことがある。しかし子規の作った新体詩は、当時の島崎藤村、土井晩翠のようには好評を得なかった。そこで賢明な子規は短期間のうちに新体詩も自分の才能に適した領分ではないと悟り、俳句と最も深い関係にある短歌に立ちむかうべく決意したのである。第二は、当時の歌壇は、俳句と同様に沈滞しきった状態に落ちていたことである。御歌所派と称する旧派歌人が読者の感情にはまったく訴えることのない無味乾燥な歌をかろうじて詠んでいた。俳句で写生の眼を開いた子規は、落合直文や与謝野鉄幹らとともに、古今調の典雅流麗な歌を良しとする歌界の風潮に満足しなかったことはむしろ当然であろう。また、日本新聞社の福本日南とか、あるいは子規と親しかった愚庵和尚などという人々が万葉調の力強い歌を作っていて、それに刺激された子規は、古今調より万葉調を高く評価しようとする自己の主張に更に確信を深め、「歌よみに与ふる書」を発表しようと決意したのである。

「歌よみに与ふる書」の内容

「歌よみに与ふる書」の内容は、簡単にいえば、万葉主義の提唱と古今主義の否定ということである。「歌よみに与ふる書」はご存じのように十回に分けられているが、その最初の「歌よみに与ふる書」では、まず源実朝について、

「兎に角に第一流の歌人と存候。強《あなが》ち人丸《ひとまろ》赤人の余唾《よだ》を舐《ねぶ》るでも無く、固《もと》より貫之定家の糟粕《さうはく》をしやぶるでも無く、自己の本領屹然《きつぜん》として山嶽と高きを争ひ日月と光を競ふ処、実に畏《おそ》るべく尊むべく覚えず膝を屈するの思ひ有之《これあり》候。」

と言い、万葉集以後歌人らしい歌人といえば、実朝のほかにはいないとまで実朝を激賞し、同時に万葉主義を提唱した。続く「再び歌よみに与ふる書」では、

「貫之は下手な歌よみにて古今集はくだらぬ集に有之候。」

とか、

「香川景樹は古今貫之崇拝にて見識の低きことは今更申す迄も無之候。」

とか、或いは古今集そのものについても、

「先づ古今集といふ書を取りて第一枚を開くと直ちに「去年《こぞ》とやいはん今年《ことし》とやいはん」といふ歌が出て来る、実に呆れ返つた無趣味の歌に有之候。日本人と外国人との合の子を日本人とや申さん外国人とや申さんとしやれたると同じ事にて、しやれにもならぬつまらぬ歌に候。此外の歌とても大同小異にて駄洒落か理屈ツぽい者のみに有之候。」

などと実に大胆に古今集や古今調の歌人を徹底的に否定している。これは結局、盲目的に古今集を称揚する旧派和歌ならびにその歌人たちをやっつけようと意気込んでいたがためである。また、「三たび歌よみに与ふる書」では、

「歌よみの如く馬鹿な、のんきなものは、またと無之候。……彼等は歌に最も近き俳句すら少しも解せず、十七字でさへあれば川柳も俳句も同じと思ふ程の、のんきさ加減なれば、況《ま》して支那の詩を研究するでも無く、西洋には詩といふものが有るやら無いやらそれも分らぬ文盲浅学、況して小説や院本も和歌と同じく文学といふ者に属すと聞かば定めて目を剝《む》いて驚き可申候。」

というふうに、旧派歌人の浅学さを鋭く指摘している。「四たび歌よみに与ふる書」からは、これらの主張

を例証するために拙歌と秀歌を具体的に挙げ、それらがなぜ悪い歌か、あるいはなぜ秀でた歌かていねいに説明するに及んでいる。たとえば悪い歌の例として、「五たび歌よみに与ふる書」で古今集の凡河内躬恒の、

心あてに折らばや折らむ初霜の置きまどはせる白菊の花

の和歌を挙げ、

「此躬恒《みつね》の歌百人一首にあれば誰も口ずさみ候へども一文半文のねうちも無之《これなき》駄歌に御座候。此歌は嘘の趣向なり、初霜が置いた位で白菊が見えなくなる気遣《きづかひ》無之候。」

などと厳しい批判を試みている。反対に良い歌としては、たとえば実朝の、

時によりすぐれば民のなげきなり八大竜王雨やめたまへ

の力強い和歌を挙げ、

「八大竜王と八字の漢語を用ゐたる処、皆此歌の勢を強めたる所にて候。初三句は極めて拙《つたな》き句なれども其一直線に言ひ下して拙き処、却て其真率偽りなきを示して祈晴《きせい》の歌などには最も適当致居候。実朝は固より善き歌作らんとて之を作りしにもあらざるべく、只々真心より詠み出でたらんがなか〳〵に善き歌とは

相成り候ひしやらん。こゝらは手のさきの器用を弄し言葉のあやつりにのみ拘《かゝは》る歌よみどもの思ひ至らぬ所に候。」(「八たび歌よみに与ふる書」)

などと万葉調歌人実朝の力量を誉め、かつ古今集の流麗だが遊戯的で実感のない和歌を排斥せんと努めている。

「歌よみに与ふる書」の価値

では短歌革新の情熱をもって書かれた子規の「歌よみに与ふる書」の価値はどういう点にあるのであろうか。

今述べたように、子規が古今調を否定し、万葉調を称揚したのは、この「歌よみに与ふる書」が最初ではない。明治二十七年七月の「文学漫言」の中ですでに、万葉集の歌については、

「当時の人は質樸にして特別に優美なる歌を詠み出でんと工夫するにはあらず、只々思ふ所感ずる所を直に歌となしたる者と思しく、何れの歌も真摯質樸一点の俗気を帯びず。固より平々凡々の歌多かれども時には雄壮勁健なる者あり、語淡にして旨遠き者あり、今日に至りて猶絶調と言はるゝ者少からず。」

と言い、古今集の歌については、

「万葉の如くむくつけき言葉無き代りには壮大の者もなく幽玄の者も無し。……而して後世の歌人は多く此種の無風流の歌を以て秀逸とするに至る。」

と述べたあと、自分の立場を万葉主義において、古今集以後の歌風や歌人についても論じている。つまり子

規の短歌革新の理論は、この時にほぼ成立したと考えてよい。

ところがこの「文学漫言」における子規の万葉主義は、まだおだやかな発言で独創的、激情的なものは感じられないが、「歌よみに与ふる書」では万葉主義を強調する子規の意欲が終始感じられ、短歌革新を一途に願う心持ちが十分にうかがわれる。また、加茂真淵の万葉主義についても「文学漫言」では、単に真淵の立場を認め、これを称揚しているだけなのだが、「歌よみに与ふる書」では、

「真淵は歌に就きては近世の達見家にて万葉崇拝のところ抔《など》当時に在りて実にえらいものに有之候ども、生等《せいら》の眼より見れば猶万葉をも褒め足らぬ心地致候」

などというふうに、真淵の万葉集推賞の不徹底さを非難したり、真淵の歌論が万葉主義であるのに比較し、彼の実作が万葉主義ではないという、歌論と作歌の不一致についてもかなり鋭く批判の眼を向けている。

このように子規の「歌よみに与ふる書」は、それまで歌壇の常識となっていた真淵の万葉主義尊重の立場を単に追従的に認めたり、それを再びこと新しく称揚したものといえなくもないが、真淵以上に力強く万葉主義を唱え、古今調に傾いていた当時の歌壇に自己の立場をはっきり強調した革新論であった点に、最も大きな価値がある。しかもそれを理論として述べるだけでなく、具体的に実作を掲げて長所や短所を詳しく説明した態度も忘れてはならない。

明治三十一年に「歌よみに与ふる書」を発表した子規は、その後死ぬまでの四年以上の期間に、彼の短歌論を時には修正したり、時には新しく発見したりして漸次成長の道を辿った。けれども「歌よみに与ふる

書」の万葉尊重の立場は晩年まで変えなかった。そして源実朝につゞく万葉調歌人として、田安宗武[*]、平賀元義[**]、橘曙覧[***]の三歌人を尊敬し激賞したのである。

また「歌よみに与ふる書」で彼の短歌論を説明した子規は、ちょうど同じ時期に「百中十首」と題して作歌し、万葉主義の立場に基づく彼の実作はどのようなものかを明らかにした。それらの歌をみると、俳句における写生方法がそのまま短歌に用いられていることがわかる。単純、簡潔、印象明瞭、客観的態度ということがそれらの歌の特色である。先に「竹の里歌」の中に掲げた、

縁先に玉巻く芭蕉玉解けて五尺のみどり手水鉢を掩ふ

試みに君が御歌を吟ずれば堪へずや鬼の泣く声聞こゆ

などの歌が、写生に基づく万葉調の歌として当時の子規の代表的な作である。

なお「歌よみに与ふる書」はすこぶる具体的で誰にでもわかる主張であったこと、旧派歌人をこっぴどく

* 田安宗武（一七一五―一七七一）江戸中期の国学者、歌人。荷田在満や賀茂真淵に指導を受け、国学を学ぶかたわら作歌。万葉調の歌が多い。

** 平賀元義（一八〇〇―一八六五）江戸末期の国学者、歌人。備前国に生まれ、賀茂真淵に私淑して十七、八歳ころより作歌。直情径行な抒情歌を得意とし、万葉歌人として知られる。

*** 橘曙覧（一八一二―一八六八）江戸末期の歌人。越前国に生まれ、最初、仏学を学んだがのちに文学を志した。歌風は万葉調だが、古典の精神を和歌に生かし、近世においてもっとも新しい歌人として有名。

やっつけようという激しさがあったことなどの理由で掲載するかしないかについても新聞社の社内でいろいろ意見があったと言われているほどである。しかしこれが発表されたころは、ちょうど歌壇に進出してきた新詩社の浪漫的歌風が華やかさをもって青年の心をしっかりとつかんでいたので、地味な子規の革新論は、今から考えれば卓越したものであっても、当時はまったくといっていいほど歓迎されなかった。真に子規の革新論を理解し、その主張に感動したのは極めて少数の人々であった。多くの既成歌人も理解しなかった。そんななかに子規門下生となった伊藤左千夫や長塚節がいたのである。

子規の俳句革新の偉業は早く世の中に知れ渡り、それがために子規の俳人としての名声は天下に広まったのであるが、「歌よみに与ふる書」による彼の短歌革新の偉業が世に認められたのは子規の死後のことである。また子規が歌人として知られるようになったのも死後のことである。子規歿してのち、子規の遺著がしだいに出版されるようになってはじめて、彼は歌人として認められたのである。

「吾が正岡先生は、俳壇の偉人であつて、そして又歌壇の偉人である。万葉集以降千有余年間に、只一人ある所の偉人であるのだ。然るに先生が俳壇の偉人であると言ふことは、天下知らざるものなき程でありながら、歌壇の偉人であると言ふことを知つてゐるものは天下幾人も無いと言ふに至つては実に遺憾と言はねばならぬ。」

これは子規が歿した直後に書いた伊藤左千夫の「正岡子規君」と題する中のことばである。左千夫がこのように嘆かねばならなかったほど子規の歌人としての名は知られていなかった。もちろん、「歌よみに与ふる書」も知られていなかった。

しかし現在では、子規の「歌よみに与ふる書」といえば、短歌革新運動に画期的な意味を及ぼしたものとして、それが有する価値はすでに定評となっている。子規亡きあと、子規の短歌を継いだ歌人には伊藤左千夫、長塚節、岡麓、香取秀真、赤木格堂、安江秋水、森田義郎、蕨真などがいるが、なかでも伊藤左千夫と長塚節の、純粋に子規の写生短歌を継ぎ、更に発展させた功績は見逃すことができない。彼等の祖述によって子規の短歌や歌論はいっそう有名になったのである。

写生文の道

――小説・随筆――

さて今までは俳句と短歌という短詩型分野における子規の功績について解説してきたが、続いて今度は彼の散文面における活躍について述べてみよう。

伝記編でも述べたように、子規は俳句革新を志す以前は、小説家を志望していた。そして坪内逍遙の「当世書生気質」や、ことに幸田露伴の「風流仏」という理想趣味の小説に魅了され、「風流仏」を模倣して、処女作「月の都」を執筆したのは、明治二十四年末から翌二十五年二月にかけてのおよそ二か月間、まだ彼が学生時代のことである。当時、子規は二十四歳であった。彼はどうにかして「風流仏」の如き小説を書き、小説家として世間に打ってでたいと、呻吟として「月の都」を創作したのである。ようやくのことに完成したその作品を持って、尊敬する露伴を訪問し、批評を乞うたが、露伴は子規の予想をみごとに裏切って「月の都」を激賞しなかったのである。要するに「月の都」は小説として失敗作であった。それ以後、子規は小説家としての自分の才能に徹底的に自信を失くし、二度と小説家になろうとは考えず、俳句の道を一途に前進していったので、子規の小説らしい小説といえば、この処女作「月の都」だけである。

「月の都」

学生時代の子規が絶対的な自信をもって書いた彼の処女作「月の都」とは、どんな内容であろうか。

「月の都」のあらすじ

〔上巻〕気弱な美青年高木直人は叔母の家で催された花見の宴で偶然に美少女水口浪子に逢う。浪子は静かに池の鯉を見つめて佇んでいた。その浪子の美しさに一目惚れした直人は、どうにかして彼女に近づき親しくことばを交わしたいと思い、ようやく一大決意をして浪子に声をかけるが、その直人のことばはあまりにもぎこちない。「私の家へ遊びにいらっしゃいませんか」と浪子を誘うが、彼女は、「来年の花見に参りましょう」と軽くあしらう。気弱い直人は失望する。だがその日から直人は彼女を忘れられなくなってしまった。毎日毎日書斎にとじこもって彼女の面影を偲んでいる。叔母の噂によれば、浪子の父は、法学士か上流の商人でなければ娘を嫁にやらないのだという。それを聴いた直人は、いっそう悲嘆にくれながらも、父はどんなに愚かなことを言おうが、浪子は自分の気持ちがわからないほど愚かではないと考え直し、望みの糸をつないでいる。

ある日、叔母がやって来て、浪子を恋するあまり瘦《や》せさらばえた直人を見て、男ならばくよくよせず自然の中に出てみよという。直人は一か月の長旅に出発した。しかし旅から戻った直人は、浪子が瘂痕博士と婚約したことを知って絶望し、やがて人間嫌いとなる。そのうち、直人の母は風邪がもとで死ぬ。母を失った直人は自分も一時は病にたおれるが叔母の看病で全快し、借金返済のために家や土地を売り、町はずれへ移転する。

一方、浪子は花見の宴で逢った直人を恋い慕っている。乳母に励まされやっとの思いで手紙を書くが、待ちに待った直人の返事には「いやです」とだけ書いてあった。痛手を受けた浪子は堪えようにも堪えきれず、夜明けを待って直人の家を訪れる。だが彼はすでに、「月の都へ旅立ち候」という一枚の貼り紙を残して旅立ったあとであった。

〔下巻〕ひとたび浮世を捨て非人の身となった直人は、旅の途中で無風という僧に出会う。この無風から直人は白風の名を与えられ、無風に従っていく。二人は山陰のある草庵にたどりついた。そこで幾日か生活をともにするが、いつしか無風はいずことも知れず立ち去っていった。一人草庵に残った直人は、追い払っても追い払っても浪子の幻影にとりつかれる。

やがて直人は浪子の乳母をたずね、彼の女の消息を聴く。乳母の話では、すげなく直人から拒絶された浪子は、絶望のあまり家出をし、あげくのはてに投身自殺をはかったが、見知らぬ船頭に救われ家に戻された、けれどもついに全快することなく死んでしまったという。乳母は語り終わると浪子の形見の小袖と遺書を手渡してくれた。直人は返すことばもなく逃れるように悄然と乳母の家を去った。

ついに直人は狂人となった。行く先々で子供たちから嘲笑され、村から村へ渡り歩き、とうとう三保の松原へやってきた。たまたまそこを通りかかった行脚僧、かつての無風が松の枝にかかっている小袖を見つけ、主を探すがいずれともわからない。思案のあげく、波の上に浮いている破れ笠を取り上げてみると、かすかに消えそうな文字で、「月の都へ帰り候」と書かれていた。

「月の都」の評価

以上が「月の都」のあらすじである。おそらく読者諸君がこの小説をお読みになれば、つまらないという一言のもとに投げ捨ててしまいそうなほど、おもしろみのない小説である。原因は、第一に構成が技巧的すぎることである。主人公の直人は気弱なために自分の浪子を慕う気持を告白できないどころか、浪子を想うばかりに非人の身になったり、狂人になったりする。あるいは浪子も直人の行方を探そうとせず、あっけないほど簡単に投身自殺をはかる。狂人になるとか、死ぬとかという事件は、人生において最も大きな不幸といっていいほどの大問題であるのに、そういう大問題を幾つも取り扱いながら、なぜ死なねばならなかったのかということがまったく無視され、話が極端から極端に走りすぎ、しかも読者にはせっぱつまった直人や浪子の気持ちが全然伝わってこないのである。構成が技巧的すぎるばかりか、子規がこの小説が描いたのは、あまりにも少女趣味的、遊戯的恋愛なのである。

第二は、登場人物がいきいきと活動していないことである。意気地なしの美青年直人、彼と対照的な醜い痘痕博士、亡霊のような行脚僧無風など、数少ない登場人物が最初から多分に現実離れをしており、美しいとか醜いとかという表面的なことを叙して、各々の個性などまったく描かれていない。言いかえれば、登場人物はまるっきり死人同然で、とてもいきいきとはしていないのである。

第三は、文体が作為的なことである。この当時は、子規もまだ写生文など想像もしなかったころであるから、言文一致体でないのはやむを得ないとしても、文体は冒頭から、

「三十一文字の徳は神明に通じ十七文字の感応は鬼神を驚かすといふめるを、花に寄せ鳥に寄せては詠み出づる歌に恋の誠をあらはし」

というふうに、すこぶる作為的で下手なのである。或いは浪子の美しさを描く場合には、

「優にして才あり博く学んで深く蔵す奥ゆかしさ、殊に其歌其手跡の見事なる、正月の藪に筍は生ゆる今の世にもこれ程珍らしき物またとあるまじ。男さへ及ばぬものを、況して伽羅の香に咽ぶ深窓の令嬢」

と、いかにも通俗的な描写方法が用いられている。わずかに写生的と思われるのは、花見の日に浪子が佇んで眺めていた池の鯉の群れあそぶさまだけである。

けつきよく、「月の都」で子規が描こうとしたのは、直人と浪子の恋愛なのであろうが、今日からみればなおさらのこと、当時としてもそれがあまりに非現実的すぎ、とても読者の共感を誘うことはできない。おそらく子規は、終始、頭の中で積み重ねては壊し、積み重ねては壊ししながら、ようやくのことに書きあげたであろうと推測される、いたって想像力に乏しい小説である。つまり、「月の都」は完全に失敗作であった。

晩年に至るまで恋愛らしい恋愛もせず、結婚の経験もない子規が、命を賭けて愛し合う（愛といっても消極

的で現実離れをした古風な愛だが）男女を主題とした恋愛小説を創作せんとしたことからして失敗であったといえる。

しかし、「月の都」がこのように不出来な作だったとはいえ、子規が「月の都」を執筆したことは、彼にとってこのうえない有意義な結果をもたらした。この事はすでに第一編で述べたのでここでは省略するが、子規が全身的に俳句に傾倒していく動機となった点においてである。

「小園の記その他」

若くして処女作「月の都」に失敗した子規は、その後再び小説家を志望せず、短詩型文学の分野でめざましい活躍を遂げるにいたったが、文章に対する関心は晩年まで持ちつづけていた。端的にいえば、「写生文創始」の業績を残したのはそのためである。

では、写生文とはどんな文章をいうのか、子規の写生文にはどういう作品があるのかなどについて、簡単に解説してみよう。

「写生文」とは、作者の眼に触れた天然や人事をスケッチして書かれた文章のことである。すなわち、俳句や短歌に適用した絵画の写生方法を文章にも適用するのである。

写生文の始まり

「写生文」について、子規が最初にその方向を明白にしたのは、明治三十三年一月、「日本」新聞に発表した「叙事文」と題する評論においてである。これは文題が「叙事文」となっているが、叙事は「写実、写生」と同意語で使用せられ、また冒頭において、

「文章の面白さにも様々あれども古文雅語などを用いて言葉のかざりを主としたるはこゝに言はず、将た作者の理想などたくみに述べて趣向の珍しきを主としたる文もこゝに言はず、こゝに言はんと欲する所は世の中に現はれ来りたる事実（天然界にても人間界にても）を写して面白き文章を作る法なり。」

と明晰に写生文の主旨を呈示していることによっても、叙事文は「写生文」を意味し、子規が意識的に写生文唱導の目的でこれを書いたことは明らかである。

この「叙事文」の内容をまとめてみると、文章を書くにあたって注意すべきことは、

一、ことばや文章を修飾しないこと
一、誇張や空想を加えず、作者が見たままの光景を忠実に模写すること
一、模写する場合はできるだけ精密を心がけ、作者の主観的な前置きは省略すること
一、前もって模写しようとする天然や人事の中心点を把握し、写生するものとしないものとを取捨選択すること。

一、模写しようとする事柄が変化する状態を時間的、連続的に描くこと
一、文体は言文一致か、それに近いものを用いること
ということになる。すなわち、子規の写生文における写生理論は、俳句革新や短歌革新で唱導した単純素朴な写生理論と何ら変わるところがない。そっくりそのまま応用したにすぎないのである。

ところで子規が積極的は文章革新に着手したのは、この「叙事文」の発表より一年ほど前、「日本」新聞や「ホトトギス」に写生文を多く掲載しはじめた明治三十二年に始まる。けれども、文章革新という目的はまだ意識せず、単に絵画の写生方法を用いて文章を書いてみるという試験的な方法で、明治三十一年秋、「ホトトギス」がはるばる松山の柳原極堂のもとから東上してきて、虚子の手によって編集されるようになった時に、まず試みられている。つまり、明治三十一年十月の「ホトトギス」刷新第一号には、それまでの「ホトトギス」には見られなかった写生文、子規の「小園の記」と虚子の「浅草寺のくさぐ〵」が掲載されている。

この二編は当時の「ホトトギス」の読者に非常に好評をもって受け入れられた。なかでも虚子の「浅草寺のくさぐ〵」は、病床から動くことができなかった子規に代わって、虚子が実際に鉛筆とノートを持って、浅草寺の境内へ出かけて行き、その境内で虚子の眼に映ったさまざまなできごとを、そのまま、できるだけ事実に忠実に文章にしたものである。作者の感情や空想のまったくない写生文は、客観的なおもしろみにあふれているので、読者にたいへんな人気があった。

これに気をよくした子規は、門下生にどんどん写生文を書かせ、一方自分も病床にあって、そこから眺めることのできる自然を精細に観察し、意欲的に写生文を作りはじめた。そして最初のころは、子規門下生の間だけで行なわれた写生文を、研究会を催したり、「ホトトギス」に優秀な文章を発表したりする手段を用いて、漸次、文章革新の目的をもって広く世間に鼓吹していったのである。

「小園の記」の内容と評価

「小園の記」は、子規がまったく試験的に、彼の極めて簡単な写生方法を文章に適用して書いた、彼の最初の写生文として知られている。

「我に二十坪の小園あり。園は家の南にありて上野の杉を垣の外に控へたり。場末の家まばらに建てられたれば青空は庭の外に広がりて雲行き鳥翔る様もいとゆたかに眺められる。」

この文章は「小園の記」の冒頭である。たぶんこの引用によって理解していただけると思うが、「小園の記」は子規庵の小庭の四季の場景をありのままに写した写生文である。移転してきた当時は、一本の草木もなかった小庭も、その後ばらの苗を植えたり、白菊を植えたりして、しだいに庭の草木が多くなり、最近はごてごてとした感じさえ与えるようになったという、内容的にはそれ以上のことはいっさい書かれていない、ごく平凡な面白味のない文章である。

子規全集（改造社版）に載っている子規の写生文は、「小園の記」のほか、「車上所見」、「雲の日記」、「夢」など全部で二十四編あるが、いずれも短い文章で、病床からみた自然の風景とか、病状とか、日記のようにその日のできごとを書いたものとかというふうに、内容が狭い範囲に限られていて、当時の子規の日常生活をうかがうには参考となるが、文章としてはいたって平凡なものばかりである。というのは、写生文を書くには鉛筆とノートをもって作者が戸外へ出かけることが必要欠くべからざる条件であるのに、彼は寝たきり一歩も動くことができず、戸外を散策するなどということは夢のようにはかない、かなわぬ望みにすぎなかったので、彼が写生するといえば、自然に小庭の光景とか、その日のできごととか限られてしまったのが原因である。俳句の解説においても述べたが、子規庵の小園こそ、子規の唯一の天地だったわけである。このことは、「小園の記」にも、

「病いよいよつのりて足立たず門を出づる能はざるに至りし今小園は余が天地にして草花は余が唯一の詩料となりぬ」

と記されている。

したがって「小園の記」をはじめとする子規の写生文は、虚子の「浅草寺のくさぐ〵」などと比較すれば、まったく面白さの欠如した写生文でしかない。しかしそれにもかかわらず、子規の「小園の記」が意外に知られているのは、内容よりもむしろ、写生文の最初の作品であるという理由による。

子規の創作した写生文は、平凡なものにすぎなかったが、この当時、子規が写生文を唱導しなかったならば、虚子の「浅草寺のくさぐ〵」をはじめ、全ての写生文は作られなかったにちがいない。子規が歿したのちは、写生文は、虚子、坂本四方太、寒川鼠骨、河東碧梧桐などの門下生によってひき継がれ、順調な発展

を遂げ、やがて虚子の『柿二つ』や左千夫の『野菊の墓』などの小説にまで進展する。そればかりか写生文は、夏目漱石の『吾輩は猫である』、長塚節の「炭焼のむすめ」、『土』などの名作を生み出す機縁にもなったのである。

そういう写生文の発展の歴史を考えるならば、子規の「小園の記」が内容的に貧弱なものであったにせよ、写生文の最初の作品として高く評価されねばならないのは当然であろう。すなわち、「小園の記」ほかの子規の写生文は、上手とか下手とかという問題を越えて、写生文創始という重要な価値を有しているのである。

「松羅玉液
墨汁一滴
病床六尺」

最後に子規の随筆について述べておこう。

ここに挙げた三編はいずれも長編の随筆の名称である。「松羅玉液は」、明治二十九年四月二十一日から同年十二月三十一日まで、「日本」新聞に連載されたもので、三編のうちいちばん古い随筆であり、かつ、連載された期間もいちばん長い。

「墨汁一滴」は明治三十四年一月十六日に始まり、同年七月二日に終わったもので、同じく「日本」新聞に連載された。

「病床六尺」は、子規の最後の随筆で、歿年の明治三十五年五月五日から死の直前二日、九月十七日まで書かれた最後の原稿である。やはり、「日本」新聞紙上に連載された。

これら三つの随筆は、簡単に内容をいいあらわすことができないほど、多方面にわたる話題に触れ、それらについていちいち詳しく彼の意見や感想を述べたものである。

子規は病状が悪化すればするほど、「死」の厚い壁に突きあたり、その懊悩からできるだけ早く、できるだけ遠くへ逃れ、たとえ短時間でも「死」を客観的に冷静に見つめることができるように、句や歌を作ったり、文章を創作したり、それができなくなると今度は水彩画や五目並べに熱中したり、随筆を書いたりして気分をまぎらそうと努めた。

したがって、気持ちの晴々とした日は随筆の筆も相当長い時間にわたって取られ、その中には、井原西鶴、近松門左衛門、松尾芭蕉などの文学について論じたものがあったり、写生理論に端を発し、日本画や西洋画について書いてみたり、万葉調の歌人平賀元義を推賞したり、草花、趣味、食物、病気、近況報告、友人や知人の消息などがあるほか、その日その時に作られた俳句や短歌も収録されている。

いったい子規という人はひじょうに筆まめで、激痛や高熱の日でもほとんど筆を持たない日がなく、何やかやと書き記しては自らを慰めていた人である。そのため、これらの随筆は、他の文学者の随筆とは大へんに趣きを異にして、種々雑多な内容――子規の主張、思想、感情、学問など――を盛りこんだ、それだけに全体の統一性を欠くが、子規という人間を知る上にはぜひとも必要なものである。

三編のうちでは特に「病床六尺」が秀れている。

「病床六尺、これが我世界である。しかも此六尺の病床が余には広過ぎるのである。」

の文章で始まる随筆「病床六尺」は、病状記や日常の記事、俳句、短歌などを別にしても、ちょっと見たいと思うものとか、釣、鉄砲、酒の話や、信玄と謙信とどちらが好きかとか、家庭の仕事を少なくするために飯炊会社を作ったらどうかとか、いうようなゆかいな話題が豊富にあって、読物的要素も十分に持っている。また「病床六尺」は、病魔に犯され、病床に釘づけされ、しかも物事に対してはどんなに小さなことにも意欲的な貧婪な意志をもった一人の人間が、六尺の極度に小さい天地では、どのようなことを考え、どのような生き方をするかを具体的に事実を表現したものとして、ひじょうに興味あふるるものでもあり、近代文学の中でも他にちょっと例がない随筆である。

仰臥漫録

「仰臥漫録」は先の三編の随筆とは少し内容の違った子規の随筆である。というのは先の三編が公表の意図で書かれたのに比較し、これは公表の意図がなく、子規生前には親しい門下生さえ滅多に見ることのできなかった、まったくの私記なのである。書かれた時期は、「墨汁一滴」に続いて筆を取り、「病床六尺」の中途で記事が絶えている。

雑然とした私記であるから、他の三編より内容は一段とおもしろい。俳句や短歌があるかと思えば新聞の切り抜きや、写生画があったり、そうかと思えば随想や遺言めいたことばがでてきたりする。また、「家賃くらべ」といって、

「虚子（九段上）十六円。瓢亭（番町）九円。碧梧桐（猿楽町）七円五十銭。四方太（浅嘉町）五円十五銭。鼠骨豹軒同居（上野涼泉院）二円五十銭。吾盧（上根岸鶯横町）六円五十銭。ホトトギス事務所　四円五十銭。把栗《はりつ》（大久保）四円。秀真《ほつま》（本所緑町）四円（畳建具ナシ）。」

などと当時の子規門下の人々の家賃を比べてみたり、「此月ノ払ヒ」といって、一か月の金銭覚え書を丹念に記したり、飲食便通を書いたりしていて、こんなところにも十分に子規の面目がうかがえておもしろい。おそらく「仰臥漫録」は随筆としてかなり特殊な珍しいものといえよう。

このように、子規の随筆は、公表の意志があろうがなかろうが、「死」に面している重病人の作品とは言いがたいほど、宗教や悟りとは縁がなく、すこぶる現実的なのが最も大きな特色である。悟りといえば、子規は「病床六尺」の明治三十五年六月二日の記事に次のように書いている。

「余は今迄禅宗の所謂悟りといふ事を誤解してゐた。悟りといふ事は如何なる場合にも平気で死ぬる事かと思つて居たのは間違ひで、悟りといふ事は如何なる場合にも平気で生きて居る事であつた。」

これほど子規は最後まで俗っぽい現実的人間であった。斎藤茂吉は「正岡子規」の中で、これらの随筆を批評して、

「同じ結核性の病気に罹《かか》つてゐても、綱島梁川が仏を見たり、高山樗牛がニイチエから、日蓮に帰依して感激に満ちた超世間的の文章を発表してゐたのに比して、いかに子規の病牀生活が非宗教的で、平凡で、現実的、娑婆的、此岸的であるかを見よ。」

と言っている。

糸瓜《へちま》咲て痰《たん》のつまりし仏かな
痰一斗糸瓜の水も間に合はず
をとゝひのへちまの水も取らざりき

といい残して、ついに絶命してしまった子規のこの辞世の句は、無造作で天真爛漫な感じがし、芭蕉の辞世の句などに比較すると、ずっと人間臭い特徴があったことをもう一度思い返し、今、これらの現実的な随筆とを合わせ考えれば、おのずから死に至るまで発剌とした気力や意欲を失わなかった人間子規が自然に思い浮かぶことであろう。

年譜

一八六七年(慶応三年) 九月十七日、伊予国松山新玉町(現、松山市)に、父正岡隼太、母八重の長男として生まれた。父隼太は松山藩の武士であった。二年後、妹が生まれた。

*明治天皇即位。徳川慶喜《よしのぶ》、大政を奉還。坂本竜馬、中岡慎太郎、暗殺される。王政復古。高杉晋作死す。東京日日新聞創刊。

一八七二年(明治五年) **五歳** 三月、父隼太死す。享年三十九歳。発育の遅い子規は父の死を理解することができなかった。

*学制発布、義務教育の実施。太陽暦採用。徴兵令発布。「学問のすゝめ」福沢諭吉。

一八七四年(明治七年) **七歳** 松山知環小学校に入学し、しばらくのち、勝山小学校に転校す。祖父大原観山から孟子の素読を学ぶ。

*板垣退助、土佐に立志社をつくる。銀座にガス灯がつく。読売新聞創刊。

一八七五年(明治八年) **八歳** 四月、祖父観山死す。これより後は土屋三平について漢学を学び、明治十一年初めて「聞子規」と題する五言絶句を作った。またこのころ軍談を好み、稗史小説を読んだ。

*板垣退助、片岡健吉らが愛国社をつくる。ロシアと千島樺太交換条約を結ぶ。「文明論之概略」福沢諭吉。

一八八〇年(明治十三年) **十三歳** 勝山小学校を卒業(月日不詳)し、松山中学校に入学した。このころ、自由民権思想に傾く。

*刑法、治罪法公布。「君が代」が作られる。

一八八二年(明治十五年) **十五歳** 二月、東都遊学の志に燃え、叔父加藤恒忠に書を送る。その後たびたび叔父にあてて遊学の希望を訴えたが受け入れられなかった。七月、東都へ出発する友人三並良のために、「隅田てふ堤の桜さけるころ花の錦をきてかへるらん」の一首を贈る。これが現存の最初の歌である。

*伊藤博文、憲法調査のため渡欧、立憲改進党、立憲帝政党結成。東京専門学校(現、早稲田大学)創立。「民約訳解」中江兆民。

一八八三年（明治十六年）**十六歳**　学業を怠り演説に熱中する。五月、東都遊学の夢を棄てきれず友人とともに松山中学校を退学。六月、叔父加藤拓川の書に接し、直ちに上京。十四日上京、一か月後、須田学舎に入学、のちに共立学校に転校した。

＊岩倉具視死す。鹿鳴館開館。政治小説盛んとなる。「経国美談」矢野竜渓。

一八八四年（明治十七年）**十七歳**　七月、試みに大学予備門（明治十九年、第一高等中学校と改称）の入学試験を受け合格。入学後、本郷の進文学舎に通学し、坪内逍遙の講義を聴いた。この年より随筆「筆まかせ」を書きはじめる。

＊華族令制定。自由党解党。

一八八五年（明治十八年）**十八歳**　春、語学と数学が不得手なため学年試験に落第した。八月、京都、広島に遊ぶ。句集「寒山落木」中のもっとも古い句はこの年に作られた。

＊内閣制度制定。第一次伊藤内閣成立。「小説神髄」坪内逍遙。「佳人之奇遇」東海散士。「硯友社」起こる。

一八八七年（明治二十年）**二十歳**　七月、帰省、三津浜に俳諧の宗匠大原其戎を訪ね、俳句の添削を乞い、また俳諧について質問す。このことが俳句入門の動機となった。十二月、常盤会寄宿舎が創立され、入舎した。

＊保安条例公布。哲学館創立。東京に初めて電燈がつく。欧化主義が高まり、仮装舞踏会流行す。国粋主義の言論も高まる。「浮雲」二葉亭四迷。「国民之友」創刊。

一八八八年（明治二十一年）**二十一歳**　ベースボールに夢中になる。八月、横須賀、金沢、鎌倉などに遊ぶ。頼朝の墓から鎌倉宮に至る途中で、三度、血の塊を吐いた。

＊市制、町村制公布。「あひゞき」二葉亭四迷訳。「夏木立」山田美妙訳。「日本人」創刊。

一八八九年（明治二十二年）**二十二歳**　五月九日夜、突然喀血した。喀血は一週間にわたり、はじめて子規と号した。

＊大日本帝国憲法発布。東海道線開通。第一次山県内閣成立。「二人比丘尼色懺悔」尾崎紅葉。「風流仏」幸田露伴。

一八九〇年（明治二十三年）**二十三歳**　六月、第一高等中学校を卒業し、九月、文科大学国文科へ入学した。このころ、「俳句分類」の偉業を志す。

＊民法、商法公布。府県制、郡制公布。第一回衆議院議員選

挙が行なわれ、第一回帝国議会が開かれた。国民新聞創刊。

一八九一年(明治二十四年) **二十四歳**　河東碧梧桐、高浜虚子が書を寄せ、俳句について学ぶ。この冬、「俳句分類」に着手。また、幸田露伴の「風流仏」に感動し、小説家を志望、処女作「月の都」執筆のために常盤寄宿舎を退寮し、十二月、駒込追分町に一家を構えた。

＊第一次松方内閣成立。「二人女房」尾崎紅葉。「五重塔」幸田露伴。「早稲田文学」創刊(明治三十一年廃刊)。

一八九二年(明治二十五年) **二十五歳**　二月、「月の都」の草稿を持って幸田露伴を訪問し批評を乞うた。六月、学年試験に再び落第。九月、試験のため勉強するのはいやだと言い、大学を退学した。十一月、家族を迎えるために帰省し、途中京都で紅葉を賞す。十二月、日本新聞社へ入社、俳句時評を担当した。

＊第二次伊藤内閣成立。「万朝報」創刊。「三人妻」尾崎紅葉。「罪と罰」内田魯庵訳。

一八九四年(明治二十七年) **二十七歳**　二月、下谷区上根岸町八十二番地(子規庵)に移転し、晩年までの長い病床生活をここで送った。同二月、「小日本新聞」が「日本新聞」の姉妹紙として創刊され、編集主任となった。七月、同紙廃刊。再び日本新聞社に戻る。

＊日清戦争始まる。高等学校令公布。北村透谷自殺。「亡国の音」与謝野鉄幹。「大つごもり」樋口一葉。

一八九五年(明治二十八年) **二十八歳**　三月、従軍を志望し、周囲の反対にもかかわらず広島に向かう。四月、宇品を出航、金州に上陸し旅順におもむいた。五月、病気再発のため大連より帰国の途につき、船中にて喀血、直ちに神戸病院に入院した。高浜虚子、河東碧梧桐らに看護される。七月、須磨保養院にて病を養う。この時、同行した高浜虚子に初めて自分の仕事の後継を依頼した。八月、帰省、松山中学校に在職中の夏目漱石の下宿に在り、松山の俳人グループと「松風会」を起こす。この「松風会」のメンバーの一人に、のちに「ホトトギス」を創刊した柳原極堂がいた。十月、帰京。十一月、「俳諧大要」を「日本」に連載。十二月、後継者問題で高浜虚子と決裂。このころから子規派の新俳句が世に認められるようになった。

＊下関条約調印。三国干渉。「たけくらべ」、「にごりえ」、「十三夜」樋口一葉。観念小説、悲惨小説が流行しはじめた。

一八九六年(明治二十九年) **二十九歳**　腰部脊ずい炎のため歩行が不自由となり、多くは病床で過ごすようになった。俳句革新、成功をおさめる。夏頃より子規庵で俳句会が開催されるようになった。四月から十二月まで随筆「松羅玉液」を「日本」に連載した。

*第二次松方内閣成立。「多情多恨」尾崎紅葉。「東西南北」与謝野鉄幹。「かもめ」チェホフ。

一八九七年(明治三十年) **三十歳**　一月、柳原極堂が松山で「ホトトギス」を創刊。これは子規派の俳句専門雑誌である。二月、腰部の痛みがますます激しくなり、三月、手術を受けた。しかし結果は良くなく、五月、衰弱がはなはだしく一時は重態に陥った。しばらくのち、漸次回復に向かう。四月から十一月にかけ、「俳人蕪村」を「日本」に連載し、俳人としての蕪村を高く評価した。十二月二十四日、芭蕉忌にならって、最初の蕪村忌を子規庵で開催した。

*八幡製鉄所、国営製糸会社が設立。足尾鉱毒事件起こる。「金色夜叉」尾崎紅葉。「若菜集」島崎藤村。「源叔父」国木田独歩。「地の糧」アンドレ・ジード。「地獄」ストリンドベリ。「芸術とは何か」トルストイ。

一八九八年(明治三十一年) **三十一歳**　二月、「日本」に発表の「歌よみに与ふる書」を以て短歌革新に着手。三月、最初の歌会を子規庵で開催した。高浜虚子、河東碧梧桐、石井露月らが出席。十月、「ホトトギス」が柳原極堂の手を離れて東上し、初めて東京で発刊された。これ以後、子規が主宰をつとめ、編集は高浜虚子が担当した。最初の写生文「小園の記」は、同月の「ホトトギス」第二巻第一号に掲載された。

*大隈内閣崩壊、第二次山県内閣成立。「武蔵野」国木田独歩。「不如帰」徳富蘆花。社会小説出現しはじめる。

一八九九年(明治三十二年) **三十二歳**　二月、香取秀真、岡麓が初めて子規庵を訪れ、三月、根岸短歌会を起こした。また、この年は、「ゐざり車」、「飯待つ間」、「柚味噌会」など多くの写生文を発表し、文章革新に着手した。

*改正条約実施される(内地雑居)。家庭小説流行す。「天地有情」土井晩翠。「湯島詣」泉鏡花。「復活」トルストイ。家庭小説流行す。

一九〇〇年(明治三十三年) **三十三歳**　一月、伊藤左千夫が子規庵を訪問、三月、長塚節が訪問、歌会が続けられた。四月、歌会のほか万葉集輪講会を開催。九月、文章会も開かれる。また同月、親友夏目漱石が留学のためイギリスへ出発した。このころから病状は目立って悪化しはじめた。

＊治安警察法公布。北清事変起こる。「高野聖」泉鏡花。「三人姉妹」チエホフ。「明星」創刊。

一九〇一年(明治三十四年) **三十四歳**　病はますます重くなり、水彩画の写生で痛みをまぎらす日が多く続いた。一月から七月にかけて随筆「墨汁一滴」を「日本」に連載。

＊日本社会民主党結成、即日禁止される。第一次桂内閣成立。福沢諭吉、中江兆民死す。恋愛詩歌流行す。「みだれ髪」与謝野晶子。「落梅集」島崎藤村。「牛肉と馬鈴薯」国木田独歩。「巌窟王」黒岩涙香訳。

一九〇二年(明治三十五年) **三十五歳**　病重くほとんど危篤状態となる。門下生が交代で看護にあたり、原稿は口述筆記する。五月から九月にかけ、最後の随筆「病床六尺」を「日本」に連載した。九月十九日未明、死亡。戒名は子規居士。東京市外田端大竜寺に葬られた。

＊第一次日英同盟成立する。ペスト発生。哲学熱、宗教熱起こる。「即興詩人」森鷗外訳。「重右衛門の最後」田山花袋。「噫無情」黒岩涙香訳。

参考文献

子規居士と余　高浜虚子　日月社　大4・6
人及び芸術家としての正岡子規　西宮藤朝　新潮社　大7・6
子規を語る　河東碧梧桐　汎文社　昭9・2
子規言行録　河東碧梧桐　大洋社　昭11・12
俳句の五十年　高浜虚子　中央公論社　昭17・12
友人子規　柳原極堂　前田書房　昭18・2
正岡子規　高浜虚子　甲鳥書林　昭18・10
子規居士の周囲　柴田宵曲　六甲書房　昭18・9
子規の回想　河東碧梧桐　昭南書房　昭19・6
正岡子規　井手逸郎　弘学社　昭20・10
虚子自伝　高浜虚子　菁柿堂　昭23・11
正岡子規について―子規五十年忌雑記―　高浜虚子　創元社　昭28・6
正岡子規の世界　寒川鼠骨　青蛙房　昭31・10
子規居士研究　茂野冬篝　茂野吉之助伝刊行会　昭32・3
子規言行録（日本叢書）　小谷太郎編　吉川弘文館　昭35・11
正岡子規　藤川忠治　桜楓社　昭40・5

さくいん

【作品】

【人名】

—完—

正岡子規■人と作品　　定価はカバーに表示

1966年3月5日　第1刷発行©
2017年9月10日　新装版第1刷発行©

・著　者 ……………………福田清人《ふくだきよと》／前田登美《まえだとみ》
・発行者 ……………………………渡部　哲治
・印刷所 ……………………法規書籍印刷株式会社
・発行所 ……………………株式会社　清水書院

〒102-0072　東京都千代田区飯田橋3-11-6
Tel・03(5213)7151～7
振替口座・00130-3-5283
http://www.shimizushoin.co.jp

検印省略
落丁本・乱丁本は
おとりかえします。

CenturyBooks

Printed in Japan
ISBN978-4-389-40111-5

CenturyBooks

清水書院の〝センチュリーブックス〟発刊のことば

近年の科学技術の発達は、まことに目覚ましいものがあります。月世界への旅行も、近い将来のこととして、夢ではなくなりました。しかし、一方、人間性は疎外され、文化も、商品化されようとしていることも、否定できません。

いま、人間性の回復をはかり、先人の遺した偉大な文化を継承して、高貴な精神の城を守り、明日への創造に資することは、今世紀に生きる私たちの、重大な責務であると信じます。

私たちがここに、「センチュリーブックス」を刊行いたしますのは、人間形成期にある学生・生徒の諸君、職場にある若い世代に精神の糧を提供し、この責任の一端を果したいためであります。

ここに読者諸氏の豊かな人間性を讃えつつご愛読を願います。

一九六六年

SHIMIZU SHOIN